诗的学校

陶行知儿童文学选读

陶行知 / 著

李 燕 / 选编

东南大学出版社

图书在版编目（CIP）数据

诗的学校：陶行知儿童文学选读 / 陶行知著；李燕选编 . —南京：东南大学出版社，2022.11（2024.10重印）
ISBN 978-7-5766-0301-9

Ⅰ．①诗… Ⅱ．①陶… ②李… Ⅲ．①儿童诗歌 – 诗集 – 中国 – 当代②儿童歌曲 – 中国 – 现代 – 选集 Ⅳ．
① I287.2 ② J642.6

中国版本图书馆 CIP 数据核字（2022）第 208744 号

责任编辑：陈　淑　　　　　　责任校对：李成思
封面设计：王祖民　徐荣欣　　　责任印制：周荣虎

诗的学校：陶行知儿童文学选读
Shi De Xuexiao: Tao Xingzhi Ertong Wenxue Xuandu

选 编 者	李　燕
出版发行	东南大学出版社
社　　址	南京市四牌楼 2 号（邮编：210096　电话：025-83793330）
经　　销	全国各地新华书店
印　　刷	苏州市古得堡数码印刷有限公司
开　　本	880mm×1230mm　1/32
印　　张	7.875
字　　数	152 千字
版　　次	2022 年 11 月第 1 版
印　　次	2024 年 10 月第 2 次印刷
书　　号	ISBN 978-7-5766-0301-9
定　　价	58.00 元

本社图书若有印装质量问题，请直接与营销部调换。电话（传真）：025-83791830

作者简介

陶行知 (1891.10.18—1946.7.25)

  中国现代思想家、教育家、文学家，徽州歙县（今安徽省歙县）人，金陵大学毕业后留学美国。曾任南京高等师范学校教务主任，继任中华教育改进社总干事，中国人民救国会和中国民主同盟的主要领导人之一。倡导并投身于平民教育运动、乡村教育运动和普及教育运动，先后创办晓庄试验乡村师范学校、生活教育社、山海工学团、育才学校和社会大学，提出"生活即教育""社会即学校""教学做合一"等教育思想，融合教育改革与社会改革。代表作有《中国教育改造》《古庙敲钟录》《斋夫自由谈》《知行书信》《行知诗歌集》等。

捧着一颗心来
不带半根草去

新安小学同志
陶知行题

中華兒童教育社三週年紀念

人生兩個寶：
雙手與大腦。
用腦不用手，
快要被打倒。
用手不用腦，
飯也喫不飽。
手腦都會用，
纔算是開天闢地
的大好佬。

中國教育有兩條大路可走：一是教
用腦的人用手，一是教用手的人用腦
。否則菩薩從小敉起，才能發揮
工作大的力量。

陶知行祝 廿二·二·廿一

序

金燕玉

拿到这本最新编选的《诗的学校——陶行知儿童文学选读》，我甚感欣慰，不由得想起四十年前我的研究工作。当时我刚刚开始梳理中国现代文学作家在儿童文学园的开拓之功，沿着茅盾儿童文学的足迹，找到了陶行知先生以及他的儿童诗。茅盾在1936年发表的《不要你哄》一文中，提到此文标题取自陶先生的一首儿童年献歌的诗句。以此为起点，我收集整理了《陶行知儿童诗选》，由安徽少儿出版社于1984年初版和1985年再版，并印刷多次，反响极好。姚雪垠先生在该书的序中指出："大家只把陶行知看作一位革命教育家，而没有将他看作诗人；都肯定他在新教育和新文化运动方面的重要贡献，而没有同样肯定他在新诗运动方面的贡献。"姚先生由此肯定了此书出版的意义。近四十年后，《诗的学校——陶行知儿童文学选读》一书对陶行知儿童文学有了更进一步的整理和研究，完璧有功。

陶行知先生对儿童文学的贡献主要在儿童诗领域。在中国儿童文学史上，自觉地、一贯地、长期地为儿童写诗，并取得较大成就的，陶行知是第一人。从20世纪20年代到40年代，中国诗坛上一直响着他那独特"为大众写，为小孩写"的朴实动人的诗，并称其为"行知体"。郭沫若曾赞他"是一个真、善、美的完人"。诗如其人，陶先生的诗也有真善美的优质，并不会因时间的流逝而失去光彩。

陶行知有一段关于诗的精彩议论：世界上诗作得多，好的少，就是因为作诗的人不能把生命放在诗里，不能把诗放在生命里，不能把诗与生命合而为一。换句话说："没有诗的生命，决作不出生命的诗。"（见《谈诗——答吴立邦小朋友的信》一文）陶行知的儿童诗最多、质也好，就是因为他把为儿童写诗作为自己的生命。在他的儿童诗中，我们可以触摸到一颗教育儿童的赤诚之心。懂得儿童，赞美儿童，引导儿童，是陶行知儿童诗的诗心、诗眼，从这个轴心展开的一幅幅美妙的诗卷，凝聚了诗人多少创造性的写作啊！

陶行知真正懂得儿童，因此他的儿童诗多抒儿童之情，发儿童之感，表现了儿童真实的生活图景。他用自己的笔形象地再现了一个个富有儿童情趣的镜头：有过新年放爆竹的欢乐情景，有堆雪罗汉、雪狮子的有趣场面，有喂养白老鼠的趣致，当然更多的是抒发了当时儿童的志向和使命。他的儿童诗题材广泛，摄进了社会的各色形态，从街头叫卖的小影到与国家命运攸关的大事，都进入了他的儿童诗。

为了使灌注自己生命的诗得到较为完美的表现，陶行知对儿童诗的表达形式下过苦功，也有很多创新。他吸收了传统儿歌的养料，形成朴素明朗的诗风。他的儿童诗有整齐自然的韵律、反复咏唱的格式、强烈分明的节奏、明白如话的语言，富于音韵美和音乐性，易懂好记，读来朗朗上口，使儿童得到美的享受和艺术的熏陶，还有不少诗歌被配上乐曲，传唱一时。

儿童容易对具体的、感性的、形象的东西感兴趣，陶行知是深知这一点的。在他的诗中，以物为喻的诗句比比皆是，创造出许多蕴含诗意的独特意象。他善用巧用拟人化的手法，不仅让动物说话，而且让植物说话、让无生命的物品说话，增加了对孩子的吸引力。神话传说中的人物也被他引进诗歌并赋予新意，如孩子们熟悉和喜爱的《西游记》中的孙悟空，陶行知就多次运用在自己的诗中，写出《变个小孩子》《变个孙悟空》《新唐僧》等风趣幽默、不可多得的好诗。

从整体来看，陶行知的儿童诗呈现出一种朴素明朗的风格。但从每一首诗来看，又是形式多变、体裁多样的：长歌，短咏，儿歌体，民谣体，自由体，抒情诗，童话诗等。在他创作的百余首儿童诗中就有十余首童话诗。1931年4月到6月，陶行知接连在《儿童生活》上发表了童话《一只鸽子》《百花生日前一夜的梅香》和童话诗剧《乌鸦歌》。两篇童话的故事生动有趣，浅显活泼，合于儿童欣赏趣味，语言亲切动人，仿佛作者在和小朋友对话。前一篇童话中儿歌的运用和后一篇童话中梦境的描绘，都使作品更有感染力。童话诗剧《乌鸦歌》形式更为新颖独特，其剧情用散文作交代，人物对白则用一首首趣味盎然的儿歌，音韵和谐，特别适合朗诵、表演。

除了儿童诗和童话外，陶行知儿童文学创作还包括他的教育小说、散文以及写给儿童的书信，可见陶行知的儿童文学写作是全方位的。作为一个多面手，陶行知为中国现代儿童文学的奠基作出了卓越的贡献。

陶行知先生的精神和他的作品永存。

目录

儿童诗

桃红三岁　/　003

中国小孩子过新年　/　004

放爆竹　/　005

他　/　006

儿　歌　/　007

燕　语　/　008

我们想　/　009

春　游　/　010

南下车中见山树奔过　/　011

自勉并勉同志　/　012

努　力　/　013

耳朵先生　/　014

自立歌　/　015

诗的学校

每事问 / 016

问一问 / 017

桃红小桃学打头绳围巾 / 018

梨 歌 ——泊头镇的梨子最便宜 / 019

与月亮赛跑 / 020

少 年 / 021

小孤山 / 022

骂 人 / 023

初学烧饭 / 024

朝阳歌 / 025

黄花黄 / 026

镰刀歌 / 027

人的身体 / 029

败家子的体操 / 030

新年(节选) / 031

问 江 / 032

风雨中开学 / 033

红 叶 / 034

我们的白老鼠 / 035

★感悟分享 / 037

告书呆子 / 039

目 录

一双手 / 040

老　鼠 / 043

雪罗汉 / 044

雪狮子 / 044

儿童工歌 / 045

攀知识塔 / 046

学生或学死 / 047

小朋友 / 048

小孩不小歌 / 049

春天不是读书天 / 050

变个小孩子 / 052

诗的学校（节选） / 053

手脑相长歌 / 054

保护栽的树 / 055

拉　车 / 056

摸黑路 / 057

布　谷 / 058

小小兵 / 059

自动学校小影 / 060

工师歌 / 061

留　级 / 062

诗的学校

牛角筒　/　063

儿童节歌　/　064

奶妈的婆婆之悲哀　/　066

小先生歌　/　067

一对妖怪　/　069

山海工学团二周年纪念　/　070

没有选手的运动会（节选）　/　071

新安小学儿童自动旅行团小影　/　072

广明小学校歌　/　073

★感悟分享　/　075

四不可老　/　077

自己的学校　/　078

谜语诗一组　/　079

点　滴　/　082

梅香苦　/　083

卖油条　/　084

为何只杀我——民歌改作　/　085

送三岁半的张阿沪小先生　/　086

自立立人歌　/　087

西桥工学团一周纪念　/　089

儿童年献歌之一　/　090

儿童年献歌之二 / 093

儿童年献歌之三 / 095

儿童年献歌之四 / 097

佘儿岗儿童自动小学三周纪念 / 100

破棉袄（改作） / 101

送翁家山小朋友 / 102

亭子间工学团——跟华荣根学 / 103

下雨不上学 / 104

乡下姑娘两难 / 105

我要证据 / 106

水　铭 / 107

闹意见 / 108

不打而自倒 / 109

一幕悲剧 / 110

自鸣钟 / 111

儿童节献歌 / 112

广西小孩 / 114

九龙仓的小孩 / 115

擦皮鞋的小孩子亲眼所见 / 116

傅家兄弟 / 117

海底来的浪 / 118

中　秋　/　119

跟青年学　/　120

"一·二八"儿歌　/　121

★感悟分享　/　123

坐苏格拉底石牢　/　125

新安旅行团团歌　/　126

三万歌——祝新安旅行团三周年纪念　/　128

蜜桃的鞋　/　131

儿童节歌（一）　/　132

儿童节歌（二）（节选）　/　134

儿童节歌（三）　/　135

儿童节歌　/　137

谷子在仓里叫　/　138

炸　弹　/　140

荷叶舞歌　/　141

八位顾问　/　144

育才学校校歌——《凤凰山上》　/　145

歌唱现代　/　147

民主到哪里去（一）

——写在中国儿童协会成立前夕　/　148

月亮歌　/　150

假使我重新做一个小孩　/　151

贺国际难童学校成立　/　153

儿童节儿歌　/　154

挽晓庄小朋友　/　155

儿童四大自由　/　156

为老百姓而画　/　157

★感悟分享　/　159

儿童歌曲

自立立人歌　/　163

黄花歌　/　164

问　/　165

儿童工歌　/　166

春天不是读书天　/　168

手脑相长歌　/　170

小孩不小歌　/　171

自动学校小影　/　172

奶妈的婆婆之悲歌　/　173

儿童节歌　/　174

小先生歌　/　176

广明小学校歌　/　178

儿童年献歌之一 / 180

儿童年献歌之二 / 182

新安旅行团团歌 / 184

三万歌——祝新安旅行团三周年纪念 / 187

儿童节歌（一） / 191

儿童节歌（二） / 192

儿童节歌（三） / 193

谷子在仓里叫 / 195

荷叶舞歌 / 201

八位好朋友 / 205

★感悟分享 / 207

童话及其他

一只鸽子 / 211

百花生日前一夜的梅香 / 216

乌鸦歌 / 219

笼统哥之统一 / 223

少爷门前（儿童剧） / 225

★感悟分享 / 231

编后记 / 233

儿童诗

桃红三岁

吃了秋波梨,
又要"欢喜头"。
叫声:"奶奶嗳!
快上唱经楼。"

1918 年春

　　原注:孙儿要东西吃,必喊祖母。唱经楼有"欢喜头"卖。这可以说是我的第一首天籁。

注:唱经楼,现位于南京鼓楼广场东南。

诗的学校

中国小孩子过新年

过了三十晚,
又到初一朝。
枕头压岁钱,
灯笼挂得高。
一身新到底:
鞋,袜,衣服,帽。
"听听打呼声,
轻轻不要闹。"
寻吃厨房里,
五香鸡蛋好。

堂前去拜年:
爹,娘,哥哥,嫂。
开门放爆竹:
大炮和小炮。
大炮闭耳听;
小炮点着跑。
跌在污泥里,
妈妈一顿敲。
眼泪流到嘴,
哈哈又笑了。

《知行诗歌别集》第3、4页

放爆竹

一个个的放,
一声声的闹。
他把新的惊起,
把旧的吓跑。
放,放,放,
放到旧的不敢再来到。
放,放,放,
不住的放,
放到新的不会再睡觉。

1922 年 2 月 6 日,
《知行诗歌别集》第 5 页

他

他是个"哥哥常弄哭"的弟弟,
也是个"常弄弟弟哭"的哥哥。
他最欢喜吃糖,
吃得一身都甜透了。
人人都爱他,
最爱他的是他的祖母。
因为他最像她的儿子
　　——他的父亲。

1923 年 2 月 15 日

儿 歌

（依美国通行的一首儿歌填词）

小桃，小桃，

太太的活宝，

偷了个猪儿两脚跑。

猪儿叫哑，

桃儿驼打，

吓得个不敢在街上耍。

1923年4月3日，
《知行诗歌别集》第17页

燕　语

借你家里住，借你家里住，
避避风，躲躲雨。
在你门前过，在你门前过，
轻轻飞，低低语。
你不要厌恶，我是客人你是主。
你不要厌恶，我到秋天就回去。

1923年，《平民千字课》第一册

我们想

我们想,生两翼,
飞飞飞上天,
做个好游戏:
白白云,当做船儿摇;
圆圆月,当做球儿抛;
平平的天空,
大家来赛跑。

1923年,《平民千字课》第一册

诗的学校

春 游

云淡风轻,微雨初晴,假期正当清明。
既整我衣,既洁我身,出游以畅心情。
芳草青青,绿树成荫,此间空气清新。
花向人笑,鸟向人鸣,携手且歌且行。

1923年,《平民千字课》第四册

南下车中见山树奔过

树哥哥!

山哥哥!

您们真跑得快啊!

率性再跑得快些!

您们一到北京,

就请一个个的对我母亲报个信:

"知行一路平安!"

请您报个信!

您也报个信!

"知行一路平安!!!"

听清楚了吗?

1924 年 3 月 24 日,津浦路南下

自勉并勉同志

人生天地间,

各自有禀赋:

为一大事来;

做一大事去。

多少白发翁,

蹉跎悔歧路。

寄语少年人,

莫将少年误。

1924 年 3 月 25 日,

《行知诗歌别集》第 34 页

努 力

努力,努力,

努力向前进,

努力向上进。

先把脚步儿站稳,

再把方向儿认定。

一步,一步的走,

一步,一步的近。

千万不要回过头来,

别人的闲话也不要听。

战胜困难全靠要自信。

努力,努力,

创造个好命运,

自己的力量要尽。

1924 年 3 月 25 日

耳朵先生

写信原来要自然,

对谈如人在面前。

若问写得好不好?

请双耳朵做教员。

1924 年 4 月 14 日

原注:这是我在长江流域推行平民教育时代教人写白话信的一个小法门。

自立歌

滴自己的汗,

吃自己的饭,

自己的事自己干。

靠人,靠天,靠祖上,

不算是好汉。

1924年6月28日《申报·平民周刊》

原注：这歌已由赵元任先生制谱。我写这首歌志在勉励青年打破依赖性不再做那贪图享福之少爷小姐。近来听说有人误解为自扫门前雪之个人主义。但是自己二字的涵义可由个人而推到团体，小而言之，一家一乡，大而言之，一国一阶级，皆当努力尽他本身所应尽之责而不应等候别人之代劳。

诗的学校

每事问

发明千千万,

起点是一问。

禽兽不如人,

过在不会问。

智者问得巧;

愚者问得笨。

人力胜天工,

只在每事问。

1924 年,《知行诗歌集》第 59 页

问一问

天地是个闷葫芦；

闷葫芦里有妙理。

您不问它您怕它；

它一被问它怕您。

您若愿意问问看，

一问直须问到底！

1924 年 7 月 26 日《申报·平民周刊》

诗的学校

桃红小桃学打头绳围巾

头绳两三根,

指头拨几针,

穿来穿去不费神,

说说笑笑,

围巾做成好披身。

1924 年秋,12 月 13 日《申报·平民周刊》

梨 歌
——泊头镇的梨子最便宜

泊头梨,

真便宜,

一块洋钱一百一十一。

买来放在房门外,

让人随便拿去吃。

劝众客,

莫忘记:

梨一只,

汗千滴!

千辛万苦种梨人,

省下不吃给人吃;

还有那些远行人,

口燥唇干想吃不得吃。

1924 年 12 月 20 日《申报·平民周刊》

注:泊头梨产于河北省泊头镇(现泊头市),即著名的天津鸭梨。

诗的学校

与月亮赛跑

您昨天比前天圆;

今天比昨天圆。

您和我比赛吗?

我明天到家,

比您先团圆!

1925 年,《知行诗歌别集》第 54 页

少　年

少年！
少年！
油里煎的少年！
为谁心里痛？
没有人相怜！

少年！
少年！
书呆子的少年！
愿为知己死！
知己在哪边？

少年！
少年！
大无畏的少年！
你有万钧力，
砍不断情弦？

少年！
少年！
可敬爱的少年！
同是一个人，
何如几年前？

少年！
少年！
似水流的少年！
你再不觉悟，
坟墓在眼前！

小孤山

(一)

谁说孤山小？

脚跟立住了！

号令长江水：

"东流两边绕！"

(二)

谁说孤山小？

年纪忘记了。

为问往来舟，

浮沉知多少？

1926 年 5 月 29 日

注：小孤山位于安徽省宿松县东南部，屹立江中，险要挺拔。

骂　人

你骂我,

我骂你。

骂来骂去,

只是借人的嘴巴骂自己。

1927 年,《知行诗歌别集》第 97 页

诗的学校

初学烧饭

书呆子烧饭,

一锅烧四样:

生,焦,硬,烂。

1927 年夏

朝阳歌

（一）

玎玲玎玲玱！

天上放红光。

放红光，放红光，

放自东方，

照到晓庄。

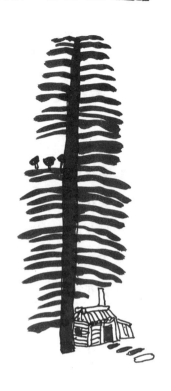

（二）

玎玲玎玲玱！

晓庄放红光，

放红光，放红光，

放自学堂，

照到四方。

1927 年 11 月 1 日

注：晓庄是陶行知先生于 1927 年 3 月创办的一所学校，是现在的南京晓庄学院的前身。

诗的学校

黄花黄

黄花黄,

黄花黄,

黄花黄时万花藏。

万花藏,

黄花黄。

黄花黄,

黄花黄,

黄花黄时清朝亡。

清朝亡,

黄花黄。

黄花黄,

黄花黄,

黄花黄时民为王。

民为王,

黄花黄。

黄花黄,

黄花黄,

黄花黄时种麦忙。

种麦忙,

黄花黄。

1927 年 11 月 26 日

原注:这歌曾由赵元任先生制谱。

镰刀歌

（一）

太阳起山墩墩，雅荷海。

镰刀雪亮，荷荷。

遇着草儿割，梅绮紫梭，

捆去好烧锅，

见得婆婆，荷荷。

（二）

太阳下山墩墩，雅荷海。

砍干净了，荷荷。

春风吹又生，梅绮紫梭，

留下种子多，

刀儿刀儿，荷荷。

注：原歌（一）（二）作于1927年12月4日，收入《知行诗歌集》。1935年5月百代公司要将《镰刀歌》灌成唱片，陶行知先生觉得原歌太短，增补（三）（四）。

（三）

太阳当顶墩墩，雅荷海。

砍啊砍啊，荷荷。

大嫂子听啊，梅绮紫梭，

好花儿砍掉，

没有戴了荷荷。

（四）

太阳偏西墩墩，雅荷海。

砍啊砍啊，荷荷。

大嫂子看啊，梅绮紫梭，

树苗若不留，

秋山秃头，荷荷。

原注：荷荷、梅绮紫梭，系帮腔调。

人的身体

抬一桶儿水,

烧一锅儿饭,

挑一担儿粪,

出一身儿汗:

晚上睡得着;

日里事能干。

让人笑笨伯;

我自为好汉。

1927 年 12 月

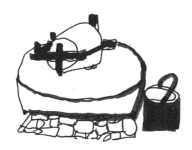

注:笨伯,原指体胖不灵巧的人。《晋书·羊曼传》:"豫章太守史畴以大肥为笨伯。"后泛指愚蠢的人。

诗的学校

败家子的体操

进城考学堂，
学会拍网球：
洋人发大财，
老子叹气卖老牛。

1927年12月15日，河南道中

　　原注：传统运动中以拍网球为最贵族化。一个球要费几元，一个网拍要费几十元，而且本国人至今不能自造。

新年（节选）

听啊，鸡儿已啼。

看啊，烛影低迷。

一年之计始于一月一日。

同学起，

同志起，

快快起来行个礼：

愿把灵魂共身体，

献与中华民国，

誓从今年今日起。

注：原载于1928年1月15日《乡教丛讯》第2卷第1期，编者按："这是陶先生新年作品之一，原诗有三节：第一节是为小朋友而作，第二节为稍长学生而作，第三节为救国健儿而作，此所载乃诗中之第二节也。原诗甚长，故录其一，以见一斑。"

诗的学校

问 江

滚滚的长江!

我要问:

您从何处来?

您往那儿去?

您一路来干了些什么事?

1928 年,《知行诗歌别集》第 108 页

风雨中开学

风来了!

雨来了!

谢老师捧着一颗心来了!

风来了!

雨来了!

韩老师捧着一颗心来了!

1928 年 3 月 7 日,《知行诗歌别集》第 109 页

原注:吉祥庵小学于十七年三月七日开学,大风雨,回想到北方有一个歌谣:"风来了,雨来了,老和尚背着一个鼓来了。"又想到我为乡村教师写过一副对联:"捧着一个心来,不带半根草去。"便把两样意思合而为一,写成这首诗奉贺吉祥庵学校的家长和小朋友。

诗的学校

红 叶

飞,飞,飞,
满天的飞。
哪儿来这些蝴蝶?
原来是红叶!

1929 年 11 月 15 日

我们的白老鼠

白老鼠，
白老鼠，
爸爸妈妈一同住。
他们福气不大好，
只有儿子没有女。

白老鼠，
白老鼠，
风车里面好跳舞。
若非身段来得小，
真像活龙与活虎。

诗的学校

白老鼠,

白老鼠,

儿女长大宜分居。

分居免得要打架;

打起架来知谁输?

白老鼠,

白老鼠,

一身洁白如白玉。

拿面镜子照一照,

将我比他如不如?

1929 年 11 月 15 日

原注:和平幼稚园,数月前买得白老鼠一对,现已儿女成行。不久,将要分家,故作儿歌数首,借表贺意。

★ 感悟分享

陶行知儿童诗创作的第一个特点是：早。

从新诗发生来看，陶行知与胡适、刘半农等同为中国白话新诗的第一批探索者。王泉根认为刘半农刊于《新青年》的《相隔一层纸》《题女儿小蕙周岁日造像》是最早的现代儿童诗，而陶行知的《桃红三岁》便是同期之作。这首小诗作于1918年4月2日，用孩子的口语描摹出一个稚气娇憨的幼童模样，陶行知自注曰："这可以说是我的第一首天籁。"之后，陶行知的诗中不断出现儿童活泼可爱的身影：他依照美国流行儿歌填词，表现儿子小桃的调皮活泼；他采用第一人称的口吻，惟妙惟肖地写出一个三岁半小先生的憨态可掬；他以儿童特有的思维方式对着滚滚的长江发出内心疑问，还将铁路两边的山和树视为同伴，托它们跑快一点儿早给母亲报平安……这些充满童真童趣的诗作都是现代儿童诗发展初期难得的佳作。

周作人认为，五四时期的儿童文学大抵有两种方向，"一是太教育的，即偏于教训；一是太艺术的，即偏于玄美"。而

诗的学校

陶行知从创作初期就注重"向儿童瞄准",他常以一颗天真和欢喜的"童心"钻进小孩的队伍里,撷取儿童的日常生活和游戏场景,贴近儿童的情感和心灵,体味儿童特有的趣味。《放爆竹》生动表现了儿童迎新年的快乐场景和除旧迎新的期待;《我们的白老鼠》写出和平幼稚园的孩子们悉心喂养白老鼠的纯洁爱心;《红叶》描写了孩子们采集漫天红叶时的欢快跳跃。有一些儿童诗是陶行知的即兴创作,如《蜜桃的鞋》来自儿子鞋尖破洞的生活细节,《骂人》《看花》《闹意见》等都来自儿童日常生活的即兴口占。

陶行知生前亲自编辑的《知行诗歌集》(1933)、《知行诗歌续集》(1935)、《知行诗歌别集》(1935)、《知行诗歌三集》(1936)都由上海儿童书局出版。1946年,面临国民党的暗杀威胁,陶行知未待完成整理出版诗集便溘然谢世,1947年上海大孚出版公司出版了他的《行知诗歌集》。1981年,三联书店重新出版了《行知诗歌集》,共收录500余首诗歌。本书所选诗作基本选自上述诗集,也有部分来自商务印书馆1923年出版的《平民千字课》和1935年出版的《老少通千字课》以及其他的陶诗汇集,并尽量按时间顺序排列。

告书呆子

"没有指导,
没有工做!"
探获新大陆的哥伦布,
可曾说过?

"没有指导,
没有工做!"
飘流荒岛的鲁滨逊,
可曾说过?

"没有指导?
没有工做?"
晓庄的学园里,
要种几多活萝蔔?

"没有指导?
没有工做?"
开天辟地的机会,
可能让它错过!

1930年1月8日

诗的学校

一双手

小朋友！

小朋友！

您有一对好宝贝，

身上摸摸有没有？

找不着吗？

您有！您有！不会没有！

我告诉您吧：

就是您的一双手！

会用这双手，

什么也不愁，

穿也不愁，

吃也不愁，

玩也不愁。

小朋友啊小朋友！

千万别忘记，

求友不如求手。

玩秋千；

翻筋斗；

送糖果儿进嘴；

和弟弟比球：

数一数您的快乐，

哪一样不是靠着这双手？

如果您也想去打倒帝国主义，

还须拿出您的小拳头。

别学那没有出息的人，

好事怕用手。

个子那么大，拿不动扫帚！

整天逛趟子，

一双手儿拢在袖里走。

他会抽乌烟，也会打牌九。

驼了外国人的嘴巴，

忍着气儿不回手。

倒会欺弱者，

欺人还要人请酒。

这样一个人，您看丑不丑？

他既有手不会用，

何妨打他几把手！

诗的学校

天给我手必有用,

精神全在"做"字上:

攀上知识最高峰;

探取地下万宝藏;

铲除人间的不平;

创造个世界像天堂儿模样。

这些事没有完成,

决不可把手儿放。

1930 年 11 月 7 日

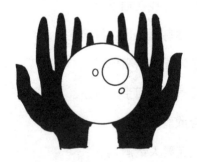

老 鼠

你！你！你！
自己不做工，
倒要吃白米。
打个洞儿住，
也在别人房子底。
日间不常出来，
鬼鬼祟祟在夜里。
一见猫儿来，
吓得个魂不附体！

猫儿捉老鼠，
捉得太多了。
肚子装不下，
放你回洞跑。
一见妈妈面，
便说猫儿好。
忘了亲姊妹，
已供猫儿饱。

1930 年 11 月 11 日

诗的学校

雪罗汉

大胖子,
笑嘻嘻。
太阳一来,
化作烂污泥。

雪狮子

雪狮子,
假威风。
太阳公子会打猎,
把你活埋污泥中。

1931 年 3 月 20 日

儿童工歌

小盘古
我是小盘古；
我不怕吃苦。
我要开辟天地，
看我手中双斧。

小孙文
我是小孙文；
我有革命精神。
我要打倒帝国主义，
像个球儿打滚。

小牛顿
我是小牛顿，
让人说我笨。
我要用我的头脑
向大自然追问。

小农人
我是小农人；
靠种田生存。
为何劳而不获？
谁是我的仇人？

小工人
我是小工人；
我有双手万能。
我要造富的社会，
不造富的个人。

1931 年春，
《知行诗歌集》第 102～104 页

诗的学校

攀知识塔

一二三,

三二一,

一二三四五六七,

看谁找得真知识?

1931 年,《儿童生活》第 1 期

注:这是一首比赛歌,是陶行知先生与儿子陶宏作"科学忘年竞赛"时写的。

学生或学死

小孩子,

小孩子,

哪几个是学生?

哪几个是学死?

1931年4月7日,《知行诗歌集》第40页

诗的学校

小朋友

小朋友!
小朋友!
我看看你的手,
可拿得动扫帚?

小朋友!
小朋友!
哪一个长进?
哪一个丢丑?

1931 年 4 月 7 日

小孩不小歌

人人都说小孩小；
谁知人小心不小？
您若小看小孩子，
便比小孩还要小！

1931年4月18日，《知行诗歌集》第118页

春天不是读书天

（一）
春天不是读书天：
关在堂前，
闷短寿源！

（二）
春天不是读书天：
掀开门帘，
投奔自然。

（三）
春天不是读书天：
鸟语树尖，
花笑西园。

（四）
春天不是读书天：
宁梦蝴蝶，
与花同眠。

（五）
春天不是读书天：
放个纸鸢，
飞上半天。

（六）
春天不是读书天：
舞雩风前，
恍若神仙。

（七）
春天不是读书天：
攀上山巅，
如登九天。

（八）
春天不是读书天：
放牛塘边，
赤脚种田。

（九）

春天不是读书天：

工罢游园，

苦中有甜。

（十）

春天不是读书天：

之乎者焉，

忒讨人嫌！

（十一）

春天不是读书天：

书里流连，

非呆即癫！

1931 年 4 月

《师范生》创刊号

变个小孩子

儿童园里无老翁,
老翁个个变儿童。
变儿童,
莫学孙悟空!
他在师驼洞,
也曾变过小钻风。
小钻风,
脸儿模样般般像,
拖着一条尾巴儿两股红!

1931 年 5 月,《师范生》第 2 期

诗的学校（节选）

（一）

宇宙为学校，

自然是吾师。

众生皆同学，

书呆不在兹。

（四）

用书如用刀，

不快自须磨。

呆磨不切菜，

何以见婆婆？

（六）

生来不自由，

生来要自由。

谁是真革命？

首推小朋友。

1931年5月，《师范生》第2期

诗的学校

手脑相长歌

人生两个宝,
双手与大脑。
用脑不用手,
快要被打倒!
用手不用脑,
饭也吃不饱。
手脑都会用,
才算是开天辟地的大好佬。

1931 年冬,
《知行诗歌集》第 133 页

保护栽的树

割草留树,

房子有得住。

砍树如草,

板凳无处找。

1931年,《知行诗歌别集》第188页

拉 车

（一）
先生拉洋车，
满身汗如雨。
拉他一辈子，
马路知他苦。

（二）
学生坐洋车，
风凉而舒服。
坐他一辈子，
还是不知路。

1932年夏，
《知行诗歌集》第48、49页

摸黑路

三个牛皮匠,

凑个诸葛亮。

三个摸黑路,

凑个哥伦布。

1932 年夏,《知行诗歌集》第 140 页

诗的学校

布 谷

布谷布谷,快快布谷。

如不布谷,没米煮粥。

如要煮粥,快快布谷。

布谷煮粥,煮粥布谷。

1932年夏,《行知诗歌集》第84页

小小兵

（一）
小小兵，
劝你莫看轻。
你若欺中国，
小命和你拼。

（二）
小小兵，
爱打抱不平，
我们起来了，
不用再招兵。

（三）
小小兵，
问："您要学谁？"
"别人都不学，
但愿学岳飞！"

1932 年夏，《知行诗歌集》第 142、143 页

诗的学校

自动学校小影

有个学校真奇怪；

小孩自动教小孩。

七十二行皆先生；

先生不在学如在。

1932年10月，《知行诗歌集》第145页

注：自动学校在南京和平门外佘儿岗。晓庄学校被封闭后，当地的孩子没处读书，原晓庄小学的学生就自动起来办佘儿岗小学。孩子们互相教，共同学，一起做，实行"教学做合一"。陶行知先生写了这首诗祝贺他们。第二句原是"大孩自动教小孩"。小学生回信给陶行知先生说："难道小孩不能教小孩么？"陶先生就改为"小孩自动教小孩"。

工师歌

他是木匠；
我是先生。
先生学木匠；
木匠学先生。
哼，哼，哼，
我哼成了先生木匠；
他哼成了木匠先生。

1932年冬，
《知行诗歌集》第146页

原注：新时代之教师，不再做教书匠，乃是小工人之指导者，简称为孩子之工师。

诗的学校

留 级

今年留一级，
明年留一级，
留到哪年才罢休？
父母也羞，
同学也羞，
小小眼泪像雨流。
花儿也愁，
草儿也愁，
生长如今不自由！

不自由！不自由！
把它从字典里挖出来，
摔到天尽头！
摔到天尽头，
从今小孩儿，
一级也不留。

1932年11月15日，
《儿童教育》第4卷第9期

原注：花草听见小朋友留级，也要滴几滴同情之泪，何况做先生的。当然不是嘴里喊几声小朋友就算了事。你如果是小朋友的真朋友，就得用斩钉截铁的手段，把这个妖怪赶到没有人烟的荒岛上去。

注：原名《打倒留级》。诗前陶行知先生有一段话："留级两个字是多么的可怕呀！我办晓庄的时候，觉得留级太残忍，断然把它取消掉。留级是违反自然生长之原则。小朋友好比一棵小树。树是继续不断地向上长，园丁只是施灌溉，防虫害，不能叫树儿不长，或是叫它退回一年重新长。留级纯粹是一个洋教育的洋把戏，我们大可不必为它拉洋车。从儿童中心的教育立场看来，这个把戏是玩不得的。下面是我对这个留级妖怪写的一首送行诗。"

牛角筒

大笼统,

小笼统,

大小笼统都是蛀书虫。

吃饭不务农;

穿衣不做工。

水已尽,

山将穷!

老鼠钻进牛角筒。

1932 年冬,《知行诗歌集》第 53 页

儿童节歌

（一）

隆咚隆咚一隆咚，
今天过节热烘烘。
从前世界属大人；
以后世界属儿童。
从前世界怎么样？
说来肚子会笑痛。
房里骗他有鬼怪；
水里骗他有蛟龙；
街上骗他有老虎；
累我一生做噩梦。
造谣撒谎意何在？
总而言之不许动。
甜来却比蜜糖甜；
凶来简直是雷公。
礼教和奶一起喂，
六岁已变小老翁。
小时学会不抵抗，
大时自然不反攻！

（二）

隆咚隆咚一隆咚，
今天过节热烘烘。
从前世界属大人；
以后世界属儿童。
儿童不再读死书，
儿童不再受人哄。
少爷小姐是废物，
贪图享福必送终。
我们都是小工人，
用脑用手来做工。
娃娃好玩自己造；
自扎风筝舞天风。
拿起锄头与斧头，
造个社会大不同。
世事须从小儿意，
不从儿意不成功。
谁再欺负弱与小，
总动员向他进攻。

1933年4月2日，《知行诗歌集》第150～153页

奶妈的婆婆之悲哀

（一）

人人羡慕儿童节，
我家宝宝哭不歇；
张家新生小少爷，
雇个奶妈好过节。

媳妇做了奶妈去，
奶变张家少爷血；
张家少爷胖又白，
胖如冬瓜白如雪。

（二）

人人羡慕儿童节，
我家宝宝哭不歇。
老奶给他尝一尝，
无奈奶头久已瘪。

清水米汤吃不饱，
小孩苦恼向谁说？
红红绿绿争点缀，
问是谁的儿童节？

1933年4月7日，
《知行诗歌集》第54～56页

小先生歌

（一）
我是小学生，
变做小先生。
粉碎那私有知识，
要把时代儿划分。

（二）
我是小先生，
教书不害耕，
你没有工夫来学，
我教你在牛背上哼。

（三）
我是小先生，
看见鸟笼头昏。
爱把小鸟放出，
飞向森林投奔。

（四）
我是小先生，
这样指导学生：
"学会赶快去教人，
教了又来做学生。"

（五）
我是小先生，
烈焰好比火山喷。
生来不怕碰钉子，
碰了一根化一根。

（六）
我是小先生，
爱与病魔斗争。
肃清苍蝇与疟蚊，
好叫人间不发瘟。

（七）
我是小先生，
填平害人坑。
把帝国主义推倒，
活捉妖怪一口吞。

（八）
我是小先生，
要与众人谋生。
上天无路造条路，
入地无门开扇门。

1934年3月16日，《知行诗歌续集》第27～31页

一对妖怪

自私先生,

自利太太,

生下一对妖怪:

大肚的守财奴可鄙,

大头的守知奴更坏。

传下一代一代又一代,

造成了中华民族的大失败。

开刀打针要赶快:

放出一个个脑袋里的毒汁,

取出一个个肚皮里的痞块!

如果再马虎,

天然淘汰!

1934年6月1日,见《知行诗歌续集》第60、61页

山海工学团二周年纪念

（一）

十月一！
十月一！
但愿大家有饭吃。
吃饭要把汗儿滴。

（二）

十月一！
十月一！
但愿人人有知识，
不求个人考第一。

（三）

十月一！
十月一！
私仇勾销来一笔；
联合起来打公敌。

（四）

十月一！
十月一！
借问公敌是什么？
帝国主义！帝国主义！

1934 年 10 月 1 日

注：山海工学团于 1932 年诞生于上海宝山大场的孟家木桥。工学团的含义是"工以养生，学以明生，团以保生"。

没有选手的运动会（节选）

"三不像的运动会，

找不到一个选手。"

你说的很对，

我们不做跑狗，

不做蟋蟀，不做斗牛！

我们都是选手，

　　都不是选手。

有人送礼来，也愿拍拍球。

踢的是毽子，打的是拳头；

放的是风筝，砍的是斧头；

挑的是粪桶，舞的是锄头；

玩的是石担，攀的是石头；

锻炼好身手，

要叫被压迫的一齐来出头。

　　一齐来出头，

人的脚底下不再有人头。

1934 年 10 月

注：节选自《知行诗歌续集》中的《萧场工学团一周纪念联合运动会歌》。

诗的学校

新安小学
儿童自动旅行团小影

（一）
一群小光棍，
数数是七根：
小的十二岁；
大的未结婚。

（二）
没有父母带，
先生也不在。
谁说小孩小？
划分新时代。

1934 年 11 月 14 日
《知行诗歌续集》第 18、19 页

注：江苏淮安县新安小学七个学生组织儿童旅行团到上海，靠卖书、演讲过活，用实践证实陶行知"生活教育"理念。回去后，校长汪达之致信请陶行知先生评价这次活动的价值，陶行知在回信中写了这两首诗。

广明小学校歌

（一）
广明！
广明！
好鸟枝头唱天晴。
大家来做小太阳，
放出一线小光明，
照着广大的群众，
向前进行。

（二）
广明！
广明！
河底朝天望天阴。
大家来做小雨点，
半天落下成甘霖，
洒在广大土地上，
万象清新。

(三)

广明!

广明!

不管天晴与天阴。

拿起头脑和双手,

干它几个小发明,

攻进广大的自然,

毫不留停。

(四)

广明!

广明!

天阴过了又天晴。

帝国主义倒不倒?

联合起来自分明。

收回广大的东北,

万众齐心。

1934年12月1日,《生活教育》第1卷20期

原注:中国女子中学办了一所小学叫做广明,意义深远。十一月十一日为该校二周纪念。校长王孝英先生要我代拟校歌,特写了四首,给王校长及小朋友贺喜。

★ **感悟分享**

陶行知儿童诗创作的第二个特点是：多。

陶行知是现代儿童文学史上第一位自觉而长期为儿童写诗并取得卓越成就的诗人。据统计，他一生创作了700多首新诗，其中以儿童生活、儿童教育为题材的有百首以上，这些儿童诗无不传递出诗人对儿童的满腔热爱和寄予儿童的无限希望，也生动表现了他创办现代学校的大胆探索和塑造民族未来的教育理想。

陶行知非常重视"诗教"的作用，他提倡"为儿童而写"，善用朗朗上口的诗歌来启发儿童认识社会，培养儿童积极向上、自立自强的精神。他在《一双手》《手脑相长歌》中亲切地告诉儿童要注重手脑并用、不可偏废。他通过《每事问》等诗作不断地提倡儿童勤思多问，保持质疑精神："土地是个阔葫芦，阔葫芦里有妙理""发明千千万，起点是一问。"这些诗歌真挚热烈，富于饱满的诗情和深刻的哲理，给予儿童润物无声的滋养、激励和引导。

从教育救国的理想出发,陶行知的儿童诗带有鲜明的教育性和对国家民族的想象。陶行知称儿童是"新时代之创造者""民族未来的巨子",直抒胸臆地赞扬儿童具有"开辟天地"的创造力。他呼吁儿童"做自己的主人,做政府的主人,做机器的主人,做大自然的主人",还写下了多首《儿童年献歌》,希望儿童变成"一群小雨点""一群小太阳",给国家和民族带来新希望。不难看出他借助对理想儿童的精神塑造,表达了对国家和民族崭新未来的殷切期盼,因为"从前世界属大人,以后世界属儿童"。

当时著名音乐家安娥在回忆往事的时候曾这样说:"陶行知是从心里注重儿童的人格,从心里爱儿童,切实认识儿童对于一个国家、一个民族前途的重大关系……如果我们从这个角度去看陶行知的儿童诗,便可以发现这种新童谣是多么现实、多么新颖有力地给了我们一个新的时代。"

四不可老

豆腐不可烧老;

鸡蛋不可煮老;

青菜不可炒老;

小孩不可学老。

1935年,《老少通千字课》第一册

诗的学校

自己的学校

割茅草,搬石块,
自己的学校自己开。
我们互相教导,互相亲爱。
读书不做读书呆:
想想从前,
抓住现在,
创造将来!

1935年,《老少通千字课》第二册

谜语诗一组

水

发风就皱皮,落雨就生疮。
不可以生吃,只可以烧汤。

鱼 网

四角方方,落在长江;
双手举起,眼泪汪汪。

石 榴

千姊妹,万姊妹;
同床睡,各盖被。

眼 镜

希奇真希奇:鼻头当马骑。
挡着人眼睛,格外看得清。

鹅

头戴红顶子；身穿白袍子；
说话像蛮子；走路像公子。

笔

小时头发白，老来头发黑；
无事戴帽子，有事光秃秃。

摆渡船

小小船，两头尖，
一篙撑到河那边。
有钱来上船，无钱站一边。

影子

有个黑姑娘,

一身黑到底,

拳头打他他不痛;

脚尖踢他他不理;

绣花针也挑不起。

灯笼

身体轻飘飘,

满身细骨纸来包。

人说我肥肥胖胖,

那知我肚里心焦。

1935 年,《老少通千字课》第二、三册

诗的学校

点 滴

点滴!
一点点的滴!
天天滴,
不间断的滴。
滴一滴,
便有一滴的痕迹。
点滴的水,可以穿石。

1935年,《老少通千字课》第三册

陶行知儿童文学选读

梅香苦

阿妈娘,无商量,

三岁卖我出去做梅香。

做梅香,苦难当:

吃末吃个薄粥汤;

着末着个破衣裳;

睡末睡个无脚床;

走末走个黑弄堂;

打末打个蛮巴掌。

1935年,《老少通千字课》第四册

注:梅香是指小女佣人。过去穷苦人家把女孩卖给人家做梅香,梅香吃不饱,穿不暖,住不好,有时还要被主人打巴掌。

卖油条

卖油条！卖油条！
长街短巷，到处的叫。
那里来的温！
那里来的饱！
卖油条！卖油条！
爹娘年已老，儿女还小，
还有妻子辛辛苦苦勤勤俭俭真正好。
卖油条！卖油条！
谁买我的热油条？
滋味合口价钱少，
三个铜子买一条，
不欺老也不欺小。
卖油条！卖油条！
那里来的温！那里来的饱，
就靠着我，卖的油条。
卖油条！

1935年，《老少通千字课》第四册

为何只杀我
——民歌改作

汤家太太做生日，
家家为她拜寿忙。
车满门，客满堂，
为何不杀羊？
羊说道："羊毛年年剪得多，为何不杀鹅？"
鹅说道："鹅蛋好吃不可杀，为何不杀鸭？"
鸭说道："白细鸭绒好做衣，为何不杀鸡？"
鸡说道："五更天亮报时候，为何不杀狗？"
狗说道："我看家门你玩耍，为何不杀马？"
马说道："一年给人骑到头，为何不杀牛？"
牛说道："我耕田，你收租，为何不杀猪？"
猪说道："今天大家都快活，为何只杀我？"

1935年，《老少通千字课》第四册

诗的学校

送三岁半的张阿沪小先生

我是小娃娃,
床上滚冬瓜,
妈妈教我,
我教妈妈的妈妈。

1935 年 3 月 10 日

自立立人歌

（一）

滴自己的汗，

吃自己的饭，

自己的事自己干，

靠人靠天靠祖上，

不算是好汉。

（二）

滴自己的汗，

吃自己的饭，

别人的事我帮忙干。

不救苦来不救难，

可算是好汉？

注：1927年6月陶行知写下《自立歌》，1935年，陶行知先生又据此增补了三节，题为《自立立人歌》。

诗的学校

（三）

滴大众的汗，

吃大众的饭，

大众的事不肯干。

架子摆成老爷样，

可算是好汉？

（四）

大众滴了汗，

大众得吃饭，

大众的事大众干。

若想一个人包办，

不算是好汉。

1935 年 4 月 1 日

《知行诗歌续集》第 100～102 页

西桥工学团一周纪念

西桥！西桥！

你是大公无私的太阳，

要把光芒普照。

你是天干已久的好雨，

要滋润每一丘田的禾苗。

你是饥民队的大饼油条。

你是穷人过冬的破棉袄。

你的小孩都做小先生，

先生虽小志不小。

你的老人都做老学生，

学生虽老心不老。

西桥好！西桥好！

没有一个地方再比西桥好。

谁要丢掉这个小宝宝，

好比是丢掉太阳好雨，

好比是丢掉大饼油条，

好比是丢掉过冬的破棉袄，

那能活得了！

1935 年 5 月 16 日

注：西桥是江苏宜兴的一个村庄，1933 年冬，陶行知派陆静山等人去协助当地学生承国英与几个农友在西桥小学创办了工学团。

儿童年献歌之一

（一）
大家来贺年！大家来贺年！
贺的什么年？贺的儿童年。
儿童年里小主人；
东升好比日初现，
日初现，人人得见光明天。
光明天下来贺年。
贺什么年？贺儿童年。

（二）
大家来贺年！大家来贺年！
贺的什么年？贺的儿童年。
儿童年里小工人；
手脑双挥征自然，
征自然，看他辟地又开天。
开天辟地来贺年。
贺什么年？贺儿童年。

注：1935年9月至1936年8月被当时的国民政府定为儿童年。

(三)

大家来贺年！大家来贺年！

贺的什么年？贺的儿童年。

儿童年里小学生；

抓住书本种田园，

种田园，叫人有吃又有穿。

有吃有穿来贺年。

贺什么年？贺儿童年。

(四)

大家来贺年！大家来贺年！

贺的什么年？贺的儿童年。

儿童年里小先生；

教人前进不要钱。

不要钱，守知奴化了云烟。

化了云烟来贺年。

贺什么年？贺儿童年。

(五)

大家来贺年！大家来贺年！

贺的什么年？贺的儿童年。

儿童年里小园丁；

反帝不与共青天。

共青天,千千万万小小拳,
打倒公敌再贺年。
贺什么年?贺儿童年。

(六)
大家来贺年!大家来贺年!
贺的什么年?贺的儿童年。
儿童年里无老翁,老翁个个变少年。
变少年,中华民族万万年。
万万年中都贺年。
贺什么年?贺儿童年。

(七)
大家来贺年!大家来贺年!
贺的什么年?贺的儿童年。
年年愿为儿童年,天天愿为儿童天。
儿童天!从此同开新纪元。
开新纪元来贺年。
贺什么年?贺儿童年。

1935年7月1日
《生活教育》第2卷第9期

儿童年献歌之二

（一）

大家来过年！大家来过年！

过的什么年？过的儿童年。

你不要快乐，想一想，有谁不能过年？

流浪的孩子不能过年。

他没有饭吃，没有衣穿，

没有工做，没有书念。

霹啪一声，是巡捕的皮鞭。

要这样的孩子能过年，

才算是快乐的儿童年。

（二）

大家来过年！大家来过年！

过的什么年？过的儿童年。

你不要快乐，想一想，有谁不能过年？

奶妈的孩子不能过年。

他没有奶吃，不知糖甜。

你胖如冬瓜，他瘦得可怜，

追本推源，只因少几文钱。

要这样的孩子能过年，

才算是快乐的儿童年。

(三)

大家来过年!大家来过年!
过的什么年?过的儿童年。
你不要快乐,想一想,有谁不能过年?
拐去的孩子不能过年。
离开家里,拐到天边,
不许啼哭,不许谈天。
一生一世,那里寻得娘爹。
要这样的孩子能过年,
才算是快乐的儿童年。

(四)

大家来过年!大家来过年!
过的什么年?过的儿童年。
你不要快乐,想一想,有谁不能过年?
做工的孩子不能过年。
整天煤烟,几文工钱,
一不小心,轧掉指尖,
死去活来,有谁代他伸冤?
要这样的孩子能过年,
才算是快乐的儿童年。

1935年7月1日

《生活教育》第2卷第9期

儿童年献歌之三

(一)

小朋友!

长长长,

再长几年,

变成一群小森林:

枝头有鸟儿谈天;

树底有野兽安眠。

那大的高的,

拿去盖大众的宫殿,

创造新纪元。

新纪元的第一年是什么年?

儿童年!

(二)

小朋友!

攀攀攀,

攀上半天,

变成一群小雨点:

落在每一丘麦田;

洒在每一丘棉园。

那黄的白的,

给大众好吃又好穿,

创造新纪元。

新纪元的第一年是什么年?

儿童年!

(三)

小朋友!

飞飞飞,

飞到天边,

变成一群小太阳,

透进每一家的窗帘,

照到每个人的眼前。

东西南北,

叫大家认清路线,

创造新纪元。

新纪元的第一年是什么年?

儿童年!

1935 年 7 月 16 日,《生活教育》第 2 卷第 10 期

儿童年献歌之四

(一)
隆咚一隆咚,
今年属儿童!
不要你哄,
不要你捧,
只要你懂:
懂得我们还是小儿童,
不要教成小老翁。

(二)
隆咚一隆咚,
今年属儿童!
不要你哄,
不要你捧,
只要你懂:
懂得我们不做小古董,
给人玩耍誓不容!

(三)
隆咚一隆咚,
今年属儿童!
不要你哄,
不要你捧,
只要你懂:
懂得我们不做小笼统,
千问万问要问懂。

(四)
隆咚一隆咚,
今年属儿童!
不要你哄,
不要你捧,
只要你懂:
懂得我们不做蛀书虫,
求学只是为大众。

（五）
隆咚一隆咚，
今年属儿童！
不要你哄，
不要你捧，
只要你懂：
懂得我们不享现成福，
手脑双挥要劳动。

（六）
隆咚一隆咚，
今年属儿童！
不要你哄，
不要你捧，
只要你懂：
懂得我们爱拆自鸣钟，
拆得散来凑不拢。

（七）
隆咚一隆咚，
今年属儿童！
不要你哄，
不要你捧，
只要你懂：
懂得穷孩肚子快饿通，
饿死穷孩大不公。

（八）
隆咚一隆咚，
今年属儿童！
不要你哄，
不要你捧，
只要你懂：
懂得教师应敬小朋友，
不再打人摆威风。

(九)

隆咚一隆咚,

今年属儿童!

不要你哄,

不要你捧,

只要你懂:

懂得我们普教小先锋,

即知即传向前冲。

(十)

隆咚一隆咚,

今年属儿童!

不要你哄,

不要你捧,

只要你懂:

懂得帝国主义该打倒,

联合小拳总进攻。

1935年7月16日,

《生活教育》第2卷第10期

诗的学校

佘儿岗儿童自动小学三周纪念

紫金山为笔,

青天为纸,

乌云为墨,

动手来写字:

"立大志,

求大智,

做大事。"

1935年9月4日,

《知行诗歌续集》第120页

破棉袄（改作）

前年希望去年好，
去年希望今年好，
到了今年，
穿的还是破棉袄。

1935年10月16日，
《生活教育》第2卷第16期

原注：前些日子在《儿童日报》上看见一首歌，署名奋，写的是：今年希望明年好，明年希望后年好，到了后年，仍旧穿件破棉袄。我把这首歌读给许多农人和小孩子听，大家都很高兴。后来，我仔细想想，歌中说的明年后年，不过是一种悬想，缺少真实性。故改为去年今年，既是回忆与现实的比较，自然更加亲切而有力。

诗的学校

送翁家山小朋友

春花落,茶叶绿:
老老少少摘茶去,
小小先生急得哭。
"小先生,
不要哭!
生手一天摘十斤;
好手能摘三十六;
我们一村人,
靠此喝碗稀米粥。
如果懒动手,
生命不可续。
只等到,
桂花香,栗子熟,
我会拿书来,
天天跟你读。"

1935年10月16日,《生活教育》第2卷第16期

注:杭州翁家山靠近龙井,居民以种茶为业。翁家山小学的学生都做小先生。采茶季节,大家忙着工作,小先生再也找不着学生,有的急得哭。陶行知先生知道了,就写了这首诗送给翁家山的小朋友。

亭子间工学团
——跟华荣根学

（一）
吃饭在这里，
睡觉在这里，
做工教学在这里，
富翁惭愧死。

（二）
爸爸也卖花，
妈妈也卖花，
字儿认得一大担，
字大像冬瓜。

（三）
跑五里路来，
跑五里路去。
去是叫人来求学，
风雨无阻。

（四）
学一两点钟，
教一两点钟，
他有一个大信仰：
知识为公。

1935年12月1日，《生活教育》第2卷第19期

诗的学校

下雨不上学

小宝宝！小宝宝！
今天天气不好。
你们回家要早，
雨来变成水鸡，
事情有些不妙。

明天下雨不要来。
不下才好来。
破袜破布鞋，
弄坏没钱买。
受了潮湿，
还要把病害。
倒不如留在家里教奶奶，
没有奶奶教乖乖。

1935 年，《知行诗歌续集》第 86、87 页

乡下姑娘两难

妈妈爱我如掌珠,

叫我种棉又读书。

菊花黄时棉花白,

摘花忙煞小香姑。

听说督学今天到,

先生拉我像拉夫。

不去吗?

老师一双眼睛对我乌。

去吧?

花少不够交地租。

不够交地租,

牵去老母猪。

1935年,《知行诗歌续集》第88、89页

注:香姑,指的是乡下的小姑娘。当时的教育局派督学到学校去查看时,老师要学生都到校,乡下小姑娘本来一面读书,一面帮助做些农活,督学来时,刚好农忙季节,真是进退两难。

我要证据

多谢您指点我的出路。
如果您是对的,
我愿意跟您去。
书上说的靠不住,
我要证据。

1935年,《知行诗歌三集》第6页

原注:一位初下乡的大学生对小先生说:"你若信上帝,石头可以变面包。"小先生说:"请你变给我看。"我听了这话有感,故写此诗。

水 铭

杯方水方,杯圆水圆。

可以穿石,可以灌田。

分出氢焰,化铁之坚。

会合众川,白浪滔天。

居高临下,马力万千。

流汗流血,开新纪元。

1935年12月16日,
《生活教育》第2卷第20期

闹意见

你说他不好,
他说你不好。
锄头上了锈,
田园长茅草。

1935年,《知行诗歌三集》第31页

不打而自倒

你说他不好,

他说你不好。

地上长茅草,

不打而自倒。

1935 年,商务印书馆《怎样做小先生》

一幕悲剧

（一）
孩子，孩子，
你跟着他去吧，
在这里要饿死。

（二）
先生，先生，
请你做做好事，
他不是我的儿子。

（三）
妈妈，妈妈，
你到哪儿去啊？
我肚子快饿死。

（四）
大嫂子，大嫂子，
他喊你妈妈，
怎么不是你的儿子？

1935年，
《知行诗歌三集》第36页

自鸣钟

短针是我；

长针是你；

中饭半夜相会，

天亮晚饭对立。

你走得太快，

我走得太迟。

等我一忽儿吧，

我要赶上你。

1935年11月16日，

《生活教育》第2卷第18期

诗的学校

儿童节献歌

(一)

四月四,

四月四,

小孩也能做大事。

做什么大事?

学新文字!

教新文字!

有了新文字,

大众个个会识字。

(二)

四月四,

四月四,

小孩也能做大事。

做什么大事?

研究国事!

报告国事!

知道了国事,

大众自然会管事。

(三)

四月四,

四月四,

小孩也能做大事。

做什么大事?

嘴上长刺!

手上长刺!

遇上敌人来,

千千万万向前刺。

1936年3月25日

广西小孩

六位小同志，
不做读书呆；
头戴军帽束皮带，
自命为革命小孩。
有将军，有主席，
大家坐下谈将来。
有的要开小孩救国会，
邀请全国小孩一齐来。
有的要和世界小孩通通信，
好叫人类知道日本万不该。
有的主张造飞机，
炸得日本脑壳开。
有的主张造兵舰，
百万水师收东海。
有的要做李秀成，
有的要做石达开，
有的要做刘永福，
有的要做冯子材。
桂林山水甲天下，
山灵水秀出奇才。
我们大胆冲出去，
后面已有小孩顶上来。

1936年6月，
大孚版《行知诗歌集》
第241、242页

原注：回忆五月广西南宁乐群社（官方专事接待贵宾的地方）小孩座谈会。

九龙仓的小孩

看你们漂洋过海,

看你们风凉爽快。

看你们到银河里去,

看你们从银河里来。

看你们好像牛郎织女,

一双一对摇摇摆摆。

我是一个苦小孩。

你知道,我只能看看,

有时看呆。

1936年6月25日,香港

诗的学校

擦皮鞋的小孩子
亲眼所见

小孩,小孩,

小孩来!

几文钱,

擦一双皮鞋?

喊一个小孩,

六个小孩来,

把一双脚儿围住,

抢着擦皮鞋。

1936年7月7日,

大孚版《行知诗歌集》第180页

傅家兄弟

傅家宝宝年纪小,
救国大道知道了;
"那个不肯打东洋,
我就要把他打倒。"

1936年7月16日,
大孚版《行知诗歌集》第260页

诗的学校

海底来的浪

海面风浪大,
大船不害怕。
浪从海底来,
个个都躺下。

1936 年 7 月 29 日过阿拉伯海,
大孚版《行知诗歌集》第 265~266 页

中 秋

今天是中秋了,
我的病倒的小孩。
你不能上铁塔去赏月,
也不能到色纳河边去徘徊。
我把灯儿熄掉,
把窗儿推开,
让月亮进来,
陪着我的小孩。

1936年9月30日,巴黎
大孚版《行知诗歌集》第268页

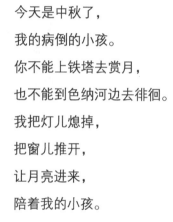

注:病倒的小孩,指陆璀,她作为全国学生救国联合会代表随陶行知一道外访。铁塔,即法国巴黎埃菲尔铁塔。色纳河,今译塞纳河,法国北部河流。

诗的学校

跟青年学

世界将起变化,
火把要换人拿。
但愿天翻地覆,
青年领着老大。

1936 年 10 月 5 日

"一·二八"儿歌

(一)
一·二八,一·二八,
十九路军顶呱呱!
枪炮瞄准向外放,
一发一发又一发。

(二)
一·二八,一·二八,
中国工人顶呱呱!
武装起来打东洋,
东洋不敢过闸北。

(三)
一·二八,一·二八,
中国老农顶呱呱!
知道兵士吃不饱,
一担一担鸡鹅鸭。

（四）
一·二八，一·二八，
中国学生顶呱呱！
活龙活虎义勇军，
丢掉书本来厮杀。

（五）
一·二八，一·二八，
中国商人顶呱呱！
决定不买东洋货，
东洋老板都急煞。

（六）
一·二八，一·二八，
中华民族顶呱呱！
打倒少将打大将，
东洋才知中华辣。

（七）
一·二八，一·二八，
只有秦桧头上滑！
出卖国土不知足，
念念想把岳飞杀。

（八）
一·二八，一·二八，
孔雀博士眼睛瞎！
联合战线成不成，
只须看看一二八。

（九）
一·二八，一·二八，
东洋帝国该倒塌！
联合起来拼老命，
拼命胜过拜菩萨。

1937年1月28日，
《纽约公报》中文版

★ 感悟分享

鲜明的时代性是陶行知儿童诗创作的又一特点。

1931年后，民族危机加剧，时代剧烈动荡，儿童诗创作亦应时代而变，呈现出两个不同走向：一是以陶行知、蒲风、温流等为代表的"走向革命"的童诗创作，一是以郭风为代表的"走向童心"的童诗创作，在后期儿童诗创作中，如《破棉袄》《卖油条》《一幕悲剧》《梅香苦》《乡下姑娘两难》《擦皮鞋的小孩子亲眼所见》等，陶行知真实记录了时代动荡中底层儿童饥无食、寒无衣的苦难生活和不幸遭遇，并抱以深切的同情和关怀。陶行知敏锐而热忱地指出，要关爱所有的儿童，而那些"流浪的孩子""拐去的孩子""做工的孩子"正是他最牵挂的，他在《儿童年献歌之二》的每个诗节都反复地大声疾呼："……要这样的孩子能过年，才算是快乐的儿童年。"

在救亡图存的年代，短小精悍的儿歌成为宣传抗战的重要载体，应和着时代的最强音。陶行知也常常用儿歌的形式传递抗日、爱国的时代呼声，如《小日本》《小小兵》《小先生歌》

《广西小孩》《傅家兄弟》《"一·二八"儿歌》等,都充满了反抗侵略、追求民族新生的激情,读来朗朗上口,顿挫有力,具有很强的感染力和鼓动性,激励了无数儿童加入爱国的民族队伍。

坐苏格拉底石牢

这位老人家,

为何也坐牢?

欢喜说真话,

假人都烦恼。

大孚版《行知诗歌集》第 301 页

原注：二十七年七月二十一日,在雅典,在苏格拉底石牢中坐五分钟有查。

注：苏格拉底（前 469—前 399）古希腊哲学家,生于雅典,因被控败坏青年之罪,判处死刑。

诗的学校

新安旅行团团歌

同学们别忘了,
我们的口号:
生活即教育,
社会即学校,
拼命的团结拼命的探讨,
一边儿用手一边儿用脑。
别笑我们年纪小,
我们要把世界来改造,
来改造!

同学们别忘了,
我们的口号:
生活即教育,
社会即学校,
弱小民族不得了,
劳苦大众吃不饱。
看吧!到处是敌人的枷镣锁梏。
兄弟们,别睡觉,
把一切人类敌人都打倒,
都打倒!

注:这是陶行知先生于1937年按张曙的谱曲所填的词,是《新安旅行团团歌》的第二段词,第一段歌词为田汉所作。新安旅行团是一个用旅行的办法来实践生活教育理论的教育团体。1935年10月下成立,汪达之为顾问。皖南事变后,进入苏北抗日根据地,1952年在上海与其他文艺团体合并。新安旅行团存在时间长达17年,行程5万里,经历全国22个省市(含香港)。

同学们别忘了,
我们的口号:
生活即教育,
社会即学校,
不怕他飞机,
不怕他枪炮,
为人类奔跑,
使人类和好,
我们是人类的小宝宝,
小宝宝。

1938 年 9 月 10 日
《战时教育》第 3 卷第 2 期

诗的学校

三万歌

——祝新安旅行团三周年纪念

（一）看一看

我们是一群穷光蛋呀！
要把眼睛儿打开看呀！
在山上看看，
在水上看看，
在社会里看看。
看一看，
中国有多少宝藏？
看一看，
有多少人没有衣服穿呀？
看一看，
有多少人吃不饱饭呀？
你不信吧，
三万里路，跑回来呀！
这一本账，
越看越要干！

（二）想一想

我们是一群穷光蛋呀！
要把脑袋儿拿出来想呀！
对中国想想，
对日本想想，
对全世界想想。
想一想，
怎样可以打胜仗？
想一想，
谁是爱国的大好佬？
想一想，
谁是混账的王八蛋？
你不信吧！
三万里路跑回来呀！
打开脑袋看，
越想越要干！

(三) 玩一玩

我们是一群穷光蛋呀!
要把光阴儿腾出来玩呀!
打个球儿玩玩,
唱个歌儿玩玩,
做出戏儿玩玩。
玩一玩,
可以免掉老古板;
玩一玩,
消除闷气与麻烦;
玩一玩,
没有玩的都来玩。
你不信吧?
三万里路跑回来呀!
个个是好汉。
越玩越要干!

(四) 谈一谈

我们是一群穷光蛋呀!
要把嘴儿张开来谈呀!
对国事谈谈,
对世事谈谈,
对小孩的事谈谈。
谈一谈,
长了嘴巴有何用呀?
谈一谈,
也要吃饭也要谈呀。
谈一谈,
空谈瞎话不算谈呀。
你不信吧!
三万里路跑回来呀!
老老实实谈,
越谈越想干!

(五) 干一干

我们是一群穷光蛋呀！

要把双手儿拿出来干呀！

在城里干干，

在乡下干干。

在战场干干。

干一干，

大家的事大家干；

干一干，

团结起来要勇敢干；

干一干，

只有汉奸才假干。

你不信吧？

三万里路跑回来呀！

保卫大武汉！

打倒小东洋！

打倒小东洋！

1938年10月武汉失守前，

大孚版《行知诗歌集》第309～313页）

蜜桃的鞋

（桂林去年十一月所见）

疑是金刚钻，

饰在脚尖上。

仔细看一下，

原来是鞋儿开天窗，

大拇指儿出风头，

闪出光芒。

1939 年 3 月 8 日

注：蜜桃：即陶行知先生的四子陶城的乳名。

儿童节歌(一)

(一)

站起来,抗日的小孩!

长起来,抗日的小孩!

联起来,抗日的小孩!

我们要帮助大人,

把东洋的妖怪赶开!

赶出关外,

赶出海外,

叫他们知道我们的厉害,

我们是抗日的小孩。

(二)

站起来,中国的小孩!

长起来,中国的小孩!

联起来,中国的小孩!

我们要帮助大人,

把中华民族兴起来!

人人有饭吃,

还有文化奶,

叫他们知道我们的厉害,

我们是中国的小孩。

(三)

站起来,世界的小孩!

长起来,世界的小孩!

联起来,世界的小孩!

我们要帮助大人,

把反侵略阵线展开!

培养新人类,

创造新世界,

叫他们知道我们的厉害,

我们是世界的小孩!

1939年3月24日,

大孚版《行知诗歌集》第330、331页

诗的学校

儿童节歌（二）（节选）

（一）

变啊！变啊！变，变，变，

变成一群小灯笼，

照到老百姓的脚跟前，

好叫大家不再摸黑路。

抗战到底，

才算是正确的路线。

大家要相勉励，

十字路口莫流连，

更要提防汉奸欺骗。

（二）

变啊！变啊！变，变，变，

变成一群小媒人，

化除各党派的成见，

好教同胞不猜疑，

敌人阴谋耍的是离间。

大家都是兄弟，

萁豆不再自相煎，

精诚团结，

保证中华万万年。

1939年3月24日，

大孚版《行知诗歌集》

第332、333页

儿童节歌(三)

(一)

小孩们!

拿出我们的力量,

纪念四四,

四四,四四,

别说我们年纪小,

也能做些事。

(二)

小孩们!

拿出我们的力量,

养几只老母鸡,

养鸡,养鸡,

生下好鸡蛋,

献给战士吃。

(三)

小孩们!

拿出我们的力量,

种几颗黄豆,

黄豆,黄豆,

战士有了黄豆吃,

打仗不会瘦。

(四)

小孩们!

拿出我们的力量,

省几个小铜板,

铜板,铜板,

少吃几块糖,

为了买子弹。

(五)
小孩们!
拿出我们的力量,
捉几个小汉奸,
汉奸,汉奸,
汉奸肃清了,
快活似神仙。

(六)
小孩们!
拿出我们的力量,
教几个大文盲,
文盲,文盲,
眼睛打开了,
前途发亮光。

(七)
小孩们!
拿出我们的力量,
劝几个好壮丁,
壮丁,壮丁,
好男愿当兵,
中国一定行。

(八)
小孩们!
拿出我们的力量,
化几个小仇恨,
仇恨,仇恨,
斩草除了根,
巩固大国本。

(九)
小孩们!
拿出我们的力量,
普及三民主义,
主义,主义,
全民有共信,
抗战必胜利。

1939年3月24日,
大孚版《行知诗歌集》
第333~335页

儿童节歌

从七七到四四,
今年第三次。
小孩要做小战士,
帮助大人拿枪上前刺。
刺得日本强盗,不敢再放肆。

从七七到四四,
今年第三次。
小孩也能做大事,
帮助男女老少都识字。
发挥民族精神,
光辉照万世。

1940年,大孚版《行知诗歌集》第346页

谷子在仓里叫

(一)

谷子在仓里叫,

日寇在战场上笑。

我们要给兵士吃下去,

化为战斗的血,

把国耻来昭雪。

为什么把我们关在这里,

给老鼠偷窃?

(二)

谷子在仓里叫,

汉奸在沙发上笑。

我们要给老百姓吃下去,

化为做工的力,

为同胞谋福利。

为什么把我们关在这里,

给奸商居奇?

（三）

谷子在仓里叫,

苦孩子肚里在叫。

我们要给难童吃下去,

长得又壮又高,

化为智慧的笑。

为什么把我们关在这里,

耽误了年少?

1941年10月20日

诗的学校

炸 弹

沉默，沉默，
沉默是你的性格。
你平生只说一句话，
从不顾粉身碎骨，
在惊天动地的爆炸中，
诞生了幸福的新国。

1941 年，大孚版《行知诗歌集》第 265 页

荷叶舞歌

（一）

天上团团月，
地上团团叶。
生就玉精神，
好像仙姊妹。
看不清，
是明月美，
还是荷叶美？
是明月美，
还是荷叶美？
（后句重）

（二）

活泼小弟弟！
美丽小妹妹！
我和人跳舞，
这是第一回。
看不清，
是明月美，
还是少年美？
是明月美，
还是少年美？
（后句重）

注：1941年皖南事变后，育才学校进入最困难的时期。陶行知为了活跃学校生活，写了《荷叶舞歌》，鼓励大家都要像荷叶一样"出污泥而不染"。此诗写好后，由音乐组同学分段谱成曲，戏剧组编成舞蹈，中秋节晚上在学校露天舞台演出，收到很好的效果。

（三）
前日清风来，
为莲花作媒。
我们竟狂舞，
好险蹩了腿。
刚相见，
人似清风，
心儿清似雪。
（后句重）

（四）
半天落好雨，
田里长黄金。
喜煞众姊妹，
唱歌又弹琴。
一声声，
化作珍珠，
滚向叶中心。
（后句重）

（五）
若问我来历，
敦颐最先言。
但开君子花，
留芳千万年。
仍旧是，
出身污泥，
污泥不能染。
（后句重）

（六）
若问我前程，
义山笔传神。
笑语止凶暴，
潇湘贤主人。
同记取，
留得残荷，
可以听雨声。
（后句重）

（七）
舞罢力不支，
葬我周子池。
甘心情愿事，
魂魄入污泥。
待来年，
翠盖复展，
玉立报相知。
（后句重）

（八）
凤凰引创造，
河山招胜利。
胜利同回家，
欢乐宁有极？
莫负情，
暗自东去，
留我独在西。
（后句重）

（九）
跳舞为跳舞，
时代已不许。
一切为创造，
创造为除苦。
若同意，
明年今夜，
再邀荷叶舞。
（后句重）

1941 年 9 月 26 日

八位顾问

我有八位好朋友,
肯把万事指导我。
你若想问真名姓,
名字不同都姓何:
何事,何故,何人,何如,
何时,何地,何去,
好像弟弟与哥哥。
还有一个西洋派,
姓名颠倒叫几何。
若向八贤常请教,
虽是笨人不会错。

1942年7月20日,
大孚版《行知诗歌集》第360~361页

育才学校校歌
——《凤凰山上》

我们是凤凰的儿女。
我们是凤凰山的小主人。
凤凰山是我们的家,
  我们的学校,
  我们的乐园,
  我们的世界。
我们是凤凰山的开垦者,
要创造出新的凤凰山,新的家,新的学校,
新的乐园,新的世界。
我们要虚心,虚心,虚心
  承认我们一无所知,一无所能;
我们要学习,学习,学习,
  学习到人所不知,人所不能;
我们要贡献,贡献,贡献,
  实现文化为公,天下为公。
修炼智慧之眼。
磨出金刚之喙。
展开大无畏之翼。
涵养一心向真之赤心。

观!静观大千世界。

啄!啄开未知之门。

飞!飞入神秘之宇宙。

找!找出真理之夜明珠,

衔回人间,

装饰在每一个人的额前,

照着人类在狂风暴雨的黑夜里,

稳步迈进,稳步迈进,

走到天明,

迎接东升的太阳:

  得到光,

  得到热,

  得到力,

创造幸福的新中国,新世界。

真即善,

真即美,

真善美合一。

让我们歌颂真善美的祖国,

  真善美的世界,

  真善美的人生,

  真善美的创造。

1943 年 11 月 28 日

歌唱现代

我们不歌唱远古,
我们不歌唱未来,
我们只歌唱现代!
　　歌唱从古以来之现代,
　　歌唱未来所从来之现代。
　　歌唱现代的战斗,
　　歌唱现代的创造,
　　创造到无穷的将来!

1944 年 10 月 10 日,
《行知诗歌集》第 382、383 页

诗的学校

民主到哪里去（一）
——写在中国儿童协会成立前夕

民主到哪里去？
到儿童队里去！
把学校大门打开，
让有钱的小孩进来，
也让无钱的小孩进来。
让男孩子进来，
　　也让女孩子进来。
让合法的小孩进来，
　　也让私生的小孩进来。
让雪白的小孩进来，
　　也让漆黑的小孩进来。
让爸爸妈妈的宝宝进来，
　　也让无父无母的孤儿进来。
让平平安安的小孩进来，
　　也让千灾万难的难童进来。

民主到哪里去?

到儿童队里去!

解放儿童的头脑,

使他们可以想。

解放儿童的嘴巴,

使他们可以谈。

解放儿童的双手,

  使他们可以玩,可以干。

解放儿童的时间,

  使他们的生命不会被稻草塞满。

解放儿童的空间,

  使他们的歌声可以在宇宙中飘荡。

给儿童六大幸福!

给儿童六大解放!

1944年12月,大孚版《行知诗歌集》第375、376页

诗的学校

月亮歌

月亮大如斗,

赶快向西走。

越走越见亮,

越亮越想走。

1944 年,《行知诗歌集》第 476 页

假使我重新做一个小孩

假使我重新做一个小孩,

我要实行三到:

　　眼到,心到,手到。

我要问,虚心的问,问清楚:

　　问古,问今,问未来;

　　问天,问人,问万物。

我要孝顺父母,

　　为父母做事。

我要每天背一段好文章。

我要每天背一段外国文。

我要帮助老百姓。

我要注意身体,健康第一。

　　决不为争取第一而伤身体。

我要立志做小事,

诗的学校

　　立志做大事。
我要学人的长处，
　　不学人的坏处，
　　要拜七十二行做先生。
我要养成好习惯，
特别是好学的习惯。
我要多玩玩。
我要亲近万物，大自然，大社会，
运用公园，山林。

1945 年 4 月 22 日

贺国际难童学校成立

过了一天又一天。
心中好比滚油煎!
难童学校从怀孕,
八个半月见青天。
人间最贵是生命,
别人生命不值钱。
第二生命是学问,
别人学问轻如棉。
一误再误到现在,
细想都因人心偏。
但是人有金刚志,
百折不回利而坚。
如今胜利宜属谁?
儿童幸福应在先。
幸福要靠自己造,
手脑双挥万万年。

1945 年 9 月 9 日

原注:国际难童学校从筹备到正式开办,经过八个半月,原因是那些救济机关和教育部门的负责人,官僚主义严重,不肯给学校方便,而且多方阻挠,由于筹备人员的坚忍不拔,最后才得以成立。

注:国际难童学校也称培才学校,1945 年 9 月成立,由陶行知与倪斐君、冯亦代共同创办,美国援华会资助。该校有学生 100 余人,入学难童享受免费书籍、文具和午餐。

诗的学校

儿童节儿歌

(一)

四月四,

四月四,

小孩要立志:

小时做小事,

大时做大事。

(二)

四月四,

四月四,

小孩要立志:

肯用手做事,

肯用心做事。

(三)

四月四,

四月四,

小孩要立志:

手到心到做小事,

心到手到做大事。

1946年,大孚版《行知诗歌集》第460、461页

挽晓庄小朋友

劳山的光荣的儿子！

你没有想到你会死。

你的爷爷也没有想到：

他会带你一同去死！

死者不可复生，

但是你的音乐不会死。

我将培养一百位人民的音乐幼苗，

努力一辈子，

补偿这不可补偿的牺牲，

一直到我死。

人民音乐不会死，

你也永远不会死！

1946年4月，
《行知诗歌集》第484、485页

原注：黄晓庄是黄齐生先生的爱侄孙，生于南京老山（后改名劳山）之小庄（后以晓庄学校改名为晓庄），有音乐天才，出口成歌，在育才音乐组肄业，一学期中作曲四十八首。他所作曲抱定一个宗旨要为人民而唱，唱出人民的心里的呼声，还要达到人民自己欢喜唱。这次四（月）八（日）追随其叔祖父，同归于尽，系新音乐一个不可补偿的损失。

诗的学校

儿童四大自由

如果我是一个小孩:

我不要恐怖;

我不要肚饿;

我要玩得高兴;

我要有机会长进。

1946 年 4 月 11 日,

《行知诗歌集》第 472 页

为老百姓而画

（一个朝会上的讲词）

为老百姓而画，

到老百姓的队伍里去画，

跟老百姓学画，

教老百姓画画。

画老百姓：

画老百姓的爸爸，

画老百姓的妈妈，

画老百姓的小娃娃，

画出老百姓的好恶悲欢，

　　作息奋斗，

画出老百姓之平凡而伟大。

注：这是陶行知先生对育才学校绘画组的学习方法、作品、对象进行观察深思后，在一次朝会上作的演讲，经人记录，本有五段，后原稿遗失，只追写了这一段。

诗的学校

把画挂在老百姓的每一家，
使乡村美化，
使都市美化；
使中国美化，
使全世界美化。
给老百姓安慰，
将老百姓的智慧启发，
刺激每一个老百姓的创造力，
创造出老百姓所愿意有的天下！

1946年，《行知诗歌集》第410页

★ 感悟分享

陶行知为教育救国毕生奋斗，更把"诗教"贯穿在办学始终。为普及平民教育，陶行知与朱经农合作编写了《平民千字课》（四册，商务印书馆1923年版），后来他又独立编写了《老少通千字课》（四册，商务印书馆1935年版）。为了让普及教育变得更加生动有趣，他活泼多变地采用了民歌、儿歌、故事、寓言、谜语等文体样式，注重语言的简短精练、通俗易懂，尤其是《老少通千字课》较多采用谜语和儿童故事。他在设计谜面时注重满足儿童的好奇心，《影子》《眼镜》等有意识地通过猜谜发展儿童的想象能力和思考能力，同时丰富儿童的科学常识。这套课本里还有陶行知编写的四个儿童故事，其中《下雨天》以对比手法帮助儿童理解标点符号的使用方法；《杨震不贪金》着眼于培养儿童诚实、不贪财的良好品德，《倒美》和《和尚吃鸡蛋》两个故事诙谐而幽默，契合了儿童的阅读趣味和游戏精神。

茅盾在《我所见的陶行知先生》一文中这样写道："初识行知先生，会觉得他是一位古板的老先生，日子久了，来往多了,你就觉得这位古板的老先生骨子里是个'顽皮的小孩子'。"作为一位极富才情的教育家,陶行知常常随心、随手、随性地记录下儿童生活的真实情境和趣味,他的儿童文学创作来自与儿童的密切接触,也来自那天真、可爱的性情和对儿童的热忱和关爱。有学者认为:"并不是每一位教育家都能成为优秀的儿童文学作家,但对于真正具有儿童启蒙视野和人文情怀的教育者来说,开启儿童文学创作之时就已站在了常人难以企及的艺术高度。"事实的确如此。

儿童歌曲

自立立人歌

赵元任 曲

1=♭E 2/4

```
3 5 3 5 | 6 0 0 | 6 1 3 5 | 6 0 0 | 5 5 6 |
```
1.滴自己的 汗，　　吃自己的 饭，　　自己的
2.滴自己的 汗，　　吃自己的 饭，　　别人的
3.滴自己的 汗，　　吃自己的 饭，　　大众的
4.大众流了 汗，　　大众得吃 饭，　　大家的

```
1 - | 3 5 3 5 | 6 0 0 | 5 5 6 | 1. 3 |
```
事　　自　己　干，　自己的 事
事　　我　帮忙 干，　别人的 事
事　　不　肯　干，　大众的 事
事　　大　家　干，　大家的 事

```
2. 3 2 3 | 5 - | 6 5 | 1 5 | 3. 4 |
```
自　己 干，　　靠 人，靠 天，靠 祖
我　帮忙 干，　　不 救 苦 来 不 救
不　肯 干，　　架 子 摆 成 老 爷
大　家 干，　　若 想 一 个 人 包

```
5 - | 5. 5 | 1 3 | 3 6 | 1 0 ||
```
上，　　不 算 是　　好 汉！
难，　　可 算 是　　好 汉？
样，　　可 算 是　　好 汉？
办，　　不 算 是　　好 汉！

诗的学校

黄花歌

赵元任 曲

1=C 4/4

| 1 1 1 - | 1 1 1 - | 1 1 1 3 | 2 3 1 - |
黄花黄，　黄花黄，　黄花黄时 万花藏，

| 3 4 5 - | 3 2 1 - | (1 1 3. 2 | 1 7 1 -) |
万 花 藏　黄花黄。

| 1 1 1 - | 3 2 1 - | 1 7 1 2 | 3 4 5 - |
黄花黄，　黄花黄，　黄花黄时 清朝亡，

| 3 4 5 - | 7 6 5 - | (2 2 2. 5 | 7 6 5 -) |
清 朝 亡，　黄花黄。

| 3 3 3 - | 3 4 3 - | 3 #2 3 1 | 6 i 3 - |
黄花黄，　黄花黄，　黄花黄时 民为王。

| 3 5 6 - | i 7 6 - | (3 3 3. i | 7 i 6 -) |
民 为 王，　黄花黄。

| 1 1 1 3 | 5 3 1 - | 2 3 5 i | 6 i 1. 3 |
黄花黄　黄花黄，　黄花黄时 种麦忙，

| 5 i 3 - | 2 2 i - | (5 i 3. 2 | i 7 i -) ‖
种 麦 忙，　黄花黄。

问

何明斋 曲

1=C 3/4

5 | 6 5 4 | 3 — 3 | 2 1 7 | 1 — 3 |
发 明 千 千 万， 起 点 是 一 问。 禽

4 3 6 | 5 — 5 | 4 3 2 | 3 — 5 |
兽 不 如 人， 差 在 不 会 问。 智

6 5 4 | 3 — 5 | 2 1 7 | 1 — 3 |
者 问 得 巧， 愚 者 问 得 笨。 人

4 3 6 | 5 — 5 | 4 2 3 | 1 — ‖
定 胜 天 工， 只 在 每 事 问。

诗的学校

儿童工歌

1=A 2/4

有劲地 ♩=84

赵元任 曲

5 1 1 2 | 3 - | 5 6 1 1 2 | 3 - |
我是小盘古，　　我不怕吃苦，

1 1 1 1 | 1 3 5 4 | 3 2 3 2 5 | 1 - |
我要开辟　新天地　看我 手中 斧。

5 1 1 1 | 3 - | 6 6 1 1 2 | 5 3 2 |
我是小牛顿，　　让人说我笨，我

1 1 1 1 | 1 3 5 4 | 3 2 3 2 5 | 1 - |
要用我的　头　脑，向 大自 然追 问。

mf
5 7 2 2 | 2 7 1 | 2 2 3 | 2 2 2 |
我是小孙文，我有革命精神，我要

2 5 2 1 | 7 1 2 3 | 2 5 5 #4 | 5 - |
打倒帝国主　义，像个球儿打 滚。

我是小农人，我靠种田生存，光棍锄头没有用，要与机器联盟。

我是小工人，我双手有万能，我要造富的社会，不造富的个人。

诗的学校

春天不是读书天

1=C 6/8

快乐地

赵元任 曲

5 6 5 6 1 | 1 6 5. | 3.2 3 5. | 6 1 2 5 |
春 天不是读 书 天：关在堂前，闷短寿缘！

5 6 5 6 1 | 2 1 6 5. | 3.2 3 5. | 6 1 5.6 3 2 1 |
春 天不是读 书 天：掀开门帘，投奔 自然。

5 6 5 6 1 | 1 6 5. | 3.2 3 5. | 6 1 2 5 |
春 天不是读 书 天：鸟语树尖，花笑 西园。

5 6 5 6 1 | 2 1 6 5. | 3.2 3 5. | 6 1 5.6 3 2 1 |
春 天不是读 书 天：宁梦 蝴蝶，与花 同眠。

3 4 3 6 7 | 1 7 6 3. | 3 #4 5 6 | 7 7 7 7 |
春 天不是读 书 天：放个纸鸢，飞上半天。

6 7 6 7 1 | 2 1 7 6. | 5 6 7 6 | 5 #4 3 3 |
春 天不是读 书 天：舞雩风前，恍若神仙。

1 2 1 5 6 | 1 1 1. | 7 1 2 2. | 2 2 3 2. |
春 天不是读 书 天：攀上山巅，如登九 天。

陶行知儿童文学选读

春 天 不 是 读 书 天：放牛塘边，赤脚种田。

春 天 不 是 读 书 天：工罢游园，苦中有甜。

春 天 不 是 读 书 天：之乎者焉，太讨人嫌！

春 天 不 是 读 书 天：书里流连，非呆即癫。

春天！春天！春天！什么天？ 不是读书天！

诗的学校

手脑相长歌

贺绿汀 曲

1=C 4/4

3 5 1.2 3 | 3 5 6 5 6 - | 5.6 1 6 5 3 |
人生 两个 宝，双手与大脑。 用 脑不用手，

3 5 3 2 1 2 - | 2.3 5 5 6 1 | 2 1 6 1 2 - |
快要被 打 倒。 用 手不用脑，饭也吃 不饱。

3 2 1 2 6 | 6 5 5 6 5 6 1 3 5 5 | 2.1 1 - ‖
手脑都会用， 才算是 开天辟地的 大 好 佬。

小孩不小歌

1=C 4/4

天真地 ♩=92

赵元任 曲

人人都说小孩小，

谁知人小心不小。

你若小看小孩子：你就比一个

小孩子还要小！

诗的学校

自动学校小影

1=D 2/4

赵元任 曲

缓慢

3 | 5. 3 5 | 1 5 6 5 | 3 2 1 5 | 6. 7 5 |
奇　怪，奇　怪，真　奇怪，小孩自动　教 小孩。

5. 5 3. 6 | 6 5 3 2 | 1 2 3 5. 3 | 3 6 5 i | i 0 ||
七 十 二 行 皆　先生，先生不在　学 如在。

奶妈的婆婆之悲歌

赵元任 曲

1=D 2/4

| 1 1 1 5 | 6 5 5 | 5 6 3 2 | 3 4 5 |

1.人 人 羡 慕 儿 童 节； 我 家 宝 宝 哭 不 歇。
2.人 人 羡 慕 儿 童 节； 我 家 宝 宝 哭 不 歇。

| 5 5 5 5 | 6 7 1 | 5· ♭7 6 5 | 4 3 2 |

张 家 新 生 小 少 爷， 雇 个 奶 妈 好 过 节。
老 奶 给 他 尝 一 尝， 无 奈 奶 头 久 已 瘪。

| 2 2 2 2 | 2 3 4 | 3 5 5 5 | 7 6 5 |

媳 妇 做 了 奶 妈 去； 奶 变 张 家 少 爷 血。
清 水 米 汤 吃 不 饱； 小 孩 苦 恼 向 谁 说？

| 5 5 6 7 | 1 1 1 3 | 5· 6 3 2 | 1 7 1 |

张 家 少 爷 白 而 胖： 胖 如 冬 瓜 白 如 雪。
红 红 绿 绿 真 好 看： 问 是 谁 家 儿 童 节。

诗的学校

儿童节歌

1=C 6/8

活泼地 ♪=56

赵元任 曲

(1 | 1 1 1 1 | 1 1 3 5 5 | 5 5 5 5 |

5 7 6 6. | 5 5 6 5 | 5 i 3. |

5 6 6 3 | 3 1 2 1 3 | 5. 4 3 2. 1 2 |

3. 2.) | 1 1 1 1. 1 1 | 1 0 0 0 |

1.隆咚 隆咚—隆咚,
3.隆咚 隆咚—隆咚,
5.隆咚 隆咚—隆咚,

1 1 3 5. | 5 i 6 5 0 | 5 5 6 5 |
今 天 过 节　　热　烘 烘。　　从 前 世 界
今 天 过 节　　热　烘 烘。　　少 爷 小 姐
今 天 过 节　　热　烘 烘。　　世 事 须 从

5 i 3. | 5 6 6 3 | 3 1 2 1 (3 |
属 大 人;　　现 在 世 界 属 儿 童。
是 废 物;　　贪 图 享 福 必 送 终。
小 儿 意;　　不 如 儿 意 不 成 功。

诗的学校

小先生歌

赵元任 曲

$1=\flat B$ $\frac{3}{8}$

(3 3 | 2 3 4 | 3 0) ‖: 3 6 | 6 7 1 |
　　　　　　　　　　　　1.我 是 小 学
　　　　　　　　　　　　2.我 是 小 学

6 0 | 7 2 2 | 2 1 7 | 6 0 | 3 6·7 |
生，　变 作 小 先 生，　粉 碎 那
生，　看 见 鸟 笼 头 昏，　爱 把 那

1 2 3 | 3· | 6 7 1 | 2 3·1 | 7 6 |
知 识 私 有，　要 把 时 代 儿 划 分。
小 鸟 放 出，　飞 向 森 林 投 奔。

3 6 | 6 7 1 | 6 0 | 3 3 | 2 3 1 |
我 是 小 先 生，　教 书 不 害
我 是 小 先 生，　这 样 指 导 学

6 0 | 5 6·5 | 1 2 3 4 | 5 5 | 2·3 4 |
耕，　您 没 有 工 夫 来 学，我 教 您 在
生：　学 会 了 赶 快 去 教

5 5·4 | 3 1 :‖ 5· | 2·3 4 | 5 5 |
牛 背 上 哼。　　人，　教 了 又 来 做

```
mf
3 1 │: 5 2 │ 3 2 7 │ 5 0 │ 5 5 1 2 │
学 生    我是 小 先 生,   热心 好比
         我是 小 先 生,   爱与 病

3 1 │ 5 0 │ 6 0 1 │ 6 0 1 │ 3 0 2 │
火 山 喷, 生 来 就 不 怕 碰
魔 斗 争, 肃 清 苍 蝇 与 疟

2 2 0 2 │ 3 #4 5 │ 5 7 6 │ 5. :│
钉 子, 碰 了 一 根 化 一 根。
蚊,    好 教 人 间 不 发 瘟。

mp
3 6 │ 6 7 1 │ 6 0 │ 3 3 │ 2 3 1 │
我 是 小 先 生,   填 平 害 人

6 0 │ 3 6. 7 │ 1 2 3 │ 3. │ 6 7 1 │
坑,   把 帝 国 主 义 推 倒,   活 捉

转1=G
2 3 │ 1 7 6 0 │ 5 1 │ 3 2 │ 1. │
妖 怪 一 口 吞。 我 是 小 先 生,

3 5 │ 5 3 2 │ 1. │ 6 1 1 │ 3 │
要 与 众 人 谋 生,   上 天 无 路

5 6 │ 5 3 5 │ 6 5 4 │ 3 3 2 │ 1 2 │ 1. ‖
造 条 路。 入 地 无 门 开 扇 门。
```

诗的学校

广明小学校歌

1=G 2/4

快

赵元任 曲

| 5̣ 1· | 5̣ 1· | 1 1 | 1 1 | 1̇ 7̣ 1̇ 3̇ |

1.广明！ 广 明！ 好 鸟 枝 头 唱 天
2.广 明！ 广 明！ 河 底 朝 天 望 天

| 5 — | 6 5 5 4 | 3 4 5 | 4 4 3 2 | 1 2 3 |

晴。 大家来做 小太阳， 放出一线 小光明，
阴。 大家来做 小雨点， 半天落下 成甘霖，

| 2 2 | 2 — | 2· 3 | 4 3 2 5 | 3 4 3 2 |

照 着 广 大 的 群 众， 向 前 进
洒 在 广 大 的 地 上， 万 象 清

| 1 — | 5̣ 2· | 5̣ 2· | 3 2 2 1 | 1 7̣ |

行。 3.广 明！ 广 明！ 不 管 天 晴
明。

| 7̣ 2 2 1 | 7̣ — | 6 6 6 7 | 1 7̣ 6̣ | 7̣ 7̣ 7̣ 1 |

与 天 阴。 拿起头脑 和双手， 干它几个

| 2 3 2 | 2 2 | 2 — | 2· 3 | #4 5 2 3 |

小发明， 攻 进 广 大 的 自 然，

```
7 1 7 6 | 5  -  | 5  1. | 5  1. | 1  1 |
毫不调    停。    4.广 明！广 明！天 阴

1  1  | 1 7 1 3 | 5  -  | 6 5 5 4 | 3 4 5 |
过 了    又 天 晴。      帝国主义   倒不倒？

4 4 3 2 | 1 2 3 | 2  2 | 2  - |
联合起来   自分明。 收 回   广

2.   3 | 4 3 2 5 | 3 4 3 2 | 1  - ‖
大   的  东   北   万众齐    心。
```

诗的学校

儿童年献歌之一

1=G 4/4

小快板

吕骥 曲

$\underline{\dot{5}\cdot \dot{6}}\ \underline{5\ 1}\ 3\ -\ |\ \underline{4\cdot 3}\ \underline{2\ 3\ 2}\ -\ |\ \underline{\dot{5}\cdot \dot{6}}\ \underline{5\ 1}\ 3\ -\ |$

1.大 家 来 贺 年！　　大 家 来 贺 年！　　贺 的 什 么 年？
2.大 家 来 贺 年！　　大 家 来 贺 年！　　贺 的 什 么 年？
3.大 家 来 贺 年！　　大 家 来 贺 年！　　贺 的 什 么 年？
4.大 家 来 贺 年！　　大 家 来 贺 年！　　贺 的 什 么 年？
5.大 家 来 贺 年！　　大 家 来 贺 年！　　贺 的 什 么 年？
6.大 家 来 贺 年！　　大 家 来 贺 年！　　贺 的 什 么 年？
7.大 家 来 贺 年！　　大 家 来 贺 年！　　贺 的 什 么 年？

$\underline{4\cdot 3}\ \underline{2\ 3}\ 1\ -\ |\ \underline{5\ 6}\ \underline{5\ 6}\ \underline{3\cdot 4}\ \underline{5}\ |\ \underline{5\ 6}\ \underline{5\ 6}\ \underline{5\cdot 1}\ |$

贺 的 儿 童 年。　　儿童年里小主人，东升好比日 初
贺 的 儿 童 年。　　儿童年李小工人，手脑双挥征 自
贺 的 儿 童 年。　　儿童年里小学生，抓住书本种 田
贺 的 儿 童 年。　　儿童年里小先生，教人前进不 要
贺 的 儿 童 年。　　儿童年里小团丁，反帝不与共 青
贺 的 儿 童 年。　　儿童年里无老翁，老翁个个变 少
贺 的 儿 童 年。　　年年愿为儿童年，天天愿为儿 童

```
3. 0 4 3 2 | 4 3  2 5 3 2 | 1 - - 0 |
```
现。　日初现，人人得见光明　天。
然。　征自然，看他辟地又开　天。
园。　种田园，叫人有吃又有　穿。
钱。　不要钱，守知奴化了云　　烟。
天。　共青天，千千万万小拳　头。
年。　变少年，中华民族万万　年。
天。　儿童天，从此同开新纪　元。

```
5. 6 5. 6 3 4 5 | 0 6  5. 1 3 | 0 5  6. 2 1 - ‖
```
光明天下来贺年。　贺什么年？　贺儿童年。
开天辟地来贺年。　贺什么年？　贺儿童年。
有吃有穿来贺年。　贺什么年？　贺儿童年。
化了云烟来贺年。　贺什么年？　贺儿童年。
打倒公敌再贺年。　贺什么年？　贺儿童年。
万万年中都贺年。　贺什么年？　贺儿童年。
开新纪元来贺年。　贺什么年？　贺儿童年。

诗的学校

儿童年献歌之二

1=F 2/4

中板

吕骥 曲

(× × × × ×) | 6 5 1 6 5 | 5 5 6 5 |

1. 隆 咚 一 隆 咚　今　年　属
2. 隆 咚 一 隆 咚　今　年　属
3. 隆 咚 一 隆 咚　今　年　属
4. 隆 咚 一 隆 咚　今　年　属
5. 隆 咚 一 隆 咚　今　年　属
6. 隆 咚 一 隆 咚　今　年　属
7. 隆 咚 一 隆 咚　今　年　属
8. 隆 咚 一 隆 咚　今　年　属
9. 隆 咚 一 隆 咚　今　年　属
10. 隆 咚 一 隆 咚　今　年　属

1. 6 5 | (× × × × ×) 6 5 6 | 1 1 6 1 |

儿　童！　　　　　　　不 要 你 哄，不 要 你
儿　童！　　　　　　　不 要 你 哄，不 要 你
儿　童！　　　　　　　不 要 你 哄，不 要 你
儿　童！　　　　　　　不 要 你 哄，不 要 你
儿　童！　　　　　　　不 要 你 哄，不 要 你
儿　童！　　　　　　　不 要 你 哄，不 要 你
儿　童！　　　　　　　不 要 你 哄，不 要 你
儿　童！　　　　　　　不 要 你 哄，不 要 你
儿　童！　　　　　　　不 要 你 哄，不 要 你
儿　童！　　　　　　　不 要 你 哄，不 要 你

| 2 | 3̲ 3̲ 2 | 5 | 5̲· 6̲ | 5 3 2·̲ 3̲ | 1 | 2 |

捧，只要你懂，懂得我们还是小儿
捧，只要你懂，懂得我们不做小古
捧，只要你懂，懂得我们不做小笼
捧，只要你懂，懂得我们不做蛀书
捧，只要你懂，懂得我们不享现成
捧，只要你懂，懂得我们爱拆自鸣
捧，只要你懂，懂得穷孩肚子快饿
捧，只要你懂，懂得教师应敬小朋
捧，只要你懂，懂得我们普教小先
捧，只要你懂，懂得帝国主义该打

| 3 | 0 | 5̲·5̲ 6̲5̲ | 3 | 2 | 1 | — |

童，　不要教成小老翁！
董，　给人玩耍不誓容！
统，　千问万问要问懂！
虫，　求学只是为大众！
福，　手脑双挥要劳动！
钟，　拆得散来凑得拢！
通，　饿死穷孩不摆公！
友，　不再打人传向前风！
锋，　即知即传总进冲！
倒，　联合小拳向总攻！

诗的学校

新安旅行团团歌

田汉 陶行知 词
张曙 曲

1=C 2/4

同学们 别忘了, 我们的口号:
同学们 别忘了, 我们的口号:

生活即教育, 社会即学校,
生活即教育, 社会即学校,

拼命的做工 拼命的跳, 一边儿学唱 一边儿教
拼命的团结 拼命的探讨, 一边儿用手 一边儿用脑

别笑我们 年纪 小, 我们要把
别笑我们 年纪 小, 我们要把

中国来改造, 来 改造!
世界来改造, 来 改造!

诗的学校

```
5  -   | 1̇  1̇·7  6  6 | 2̇   7·7 |
号：      生 活 即 教 育， 社  会 即
号：      生 活 即 教 育， 社  会 即

6  5   | 2 2 2 5 5  6 6 6 2̇ 2̇ | 3  1̇ 2̇ |
学  校。 不怕他水深，不怕他山高， 向  民众
学  校。 不怕他飞机，不怕他枪炮， 向  人类

3̇  2̇  | 6  5·6 | 2̇  1̇ | 3 2 2 5 6 6 |
报  告， 代 民众 喊 叫。 我们是民众的
奔  跑， 使 人类 和 好。 我们是人类的

7  6  | 5  -  | 3̇·  2̇ | 1̇  -  | 1̇  0 ||
小 向 导，    小  向  导！
小 宝 宝，    小  宝  宝！
```

三万歌

——祝新安旅行团三周年纪念

1=F 2/4

稍快　　　　　　　　　　　　　　　任光曲

| 5· 5 5 | 5· 0 | 5· 0 | 5· 5 5 3 | 2 − |

我　们是　一　　　群　　　穷　光　蛋
我　们是　一　　　群　　　穷　光　蛋
我　们是　一　　　群　　　穷　光　蛋
我　们是　一　　　群　　　穷　光　蛋
我　们是　一　　　群　　　穷　光　蛋

| 2 − | 5 5 3 | 2 5 3 | 2 2 1 | 6· − |

呀！　要把　眼睛儿　打开来　看
呀！　要把　脑袋儿　拿开来　想
呀！　要把　光阴儿　腾开来　玩
呀！　要把　嘴巴儿　张开来　谈
呀！　要把　双手儿　拿开来　干

| 6· − | 6 3 5 | 6 − | 6 − | 5 6 3 |

呀！　在山上　看　　　在水上
呀！　对中国　想　　　对日本
呀！　打个球儿　玩，　　唱个歌儿
呀！　对国事　谈，　　对世事
呀！　在城里　干，　　在乡下

诗的学校

```
 2  -  | 2  -  | 2  5 2 7 | 6· -  | 6  -  |
                     ⌢3⌢
```

看　　　看，　在 社会里 看　　看。
想　　　想，　对 全世界 想　　想。
玩　　　玩，　做 出戏儿 玩　　玩。
谈　　　谈，　对小孩的事 谈　　谈。
干　　　干，　在 战场上 干　　干。

```
 6·  3 | 6  0 | 6  6 5 | 5  5 3 | 2·  6· |
```

看 一 看，　中 国 有 多 少 宝
想 一 想，　怎 样 可 以 打 胜
玩 一 玩，　可 以 免 掉 老 古
谈 一 谈，　长 了 嘴 巴 有 何
干 一 干，　大 家 的 事 情 大 家

```
 2  0 | 6·  3 | 6  0 | 6  6 5 | 5  5 3 |
```

藏？　看 一 看，　有 多 少 人 没 有
仗？　想 一 想，　谁 是 爱 国 的
板；　玩 一 玩，　消 除 闷 气
用呀？ 谈 一 谈，　也 要 吃 饭
干；　干 一 干，　团 结 起 来

```
 2·  6· | 2  0 | 6·  3 | 6  0 | 6  6 5 |
```

衣　服　穿呀？ 看 一 看，　有 多 少
大　好　佬？　想 一 想，　谁 是
与　麻　烦；　玩 一 玩，　没 有
也　要　谈呀；谈 一 谈，　空 谈
也　勇　敢干；干 一 干，　只 有

```
5  5 3 | 2·  6· 2 | 0 1 - | 1 - |
人  吃 不  饱   呀?  你    不
混  账 的  王   八   蛋?  你    不
玩  的 都  来   玩。  你    不
瞎  谈 不  算   谈   呀。  你    不
汉  奸 才  假   干。  你    不

6·  6· | 6 - | 3  3 1 | 2 - | 1· 6· |
信  吧!      三  万 里   路      跑 回
信  吧!      三  万 里   路      跑 回
信  吧!      三  万 里   路      跑 回
信  吧!      三  万 里   路      跑 回
信  吧!      三  万 里   路      跑 回

6 - | 6 - | 6 - | 6 - | 6 - |
来      呀!         有      这
来      呀!         打      开
来      呀!         个      个
来      呀!         老      老
来      呀!         保      卫

7  7 | 6 0 | 3 - | 3  5 3 7 |
一  本   账,   越      看 越 要
脑  袋   想,   越      想 越 要
是  好   汉,   越      玩 越 要
实  实   谈,   越      谈 越 要
大  武   汉!  打      倒 小 东
```

189

诗的学校

```
6  0  | 2.  3  | 2  6  | 5  -  | 5  - ‖
```

干！　　越　看　越　要　干！
干！　　越　想　越　要　干！
干！　　越　玩　越　要　干！
干！　　越　谈　越　要　干！
洋！　　打　倒　小　东　洋！

儿童节歌（一）

1=C 2/4 3/4　　　　　　　　　　　　贺绿汀　曲

站起来，抗日的小孩！长起来，抗日的小孩！
站起来，中国的小孩！长起来，中国的小孩！
站起来，世界的小孩！长起来，世界的小孩！

联起来，抗日的小孩！我们要帮助大人，把
联起来，中国的小孩！我们要帮助大人，把
联起来，世界的小孩！我们要帮助大人，把

东洋的妖怪赶开！赶出东四省，
中华民族兴起来！人人有饭吃，
反侵略阵线展开！培养新人类，

赶出黄海外，叫他们知道我们的厉
还吃文化奶，叫他们知道我们的厉
创造新世界，叫他们知道我们的厉

害，我们是抗日的小孩。
害，我们是中国的小孩。
害，我们是世界的小孩。

诗的学校

儿童节歌（二）

贺绿汀 曲

1=G 4/4

6 3 6 3 6 6 6 | 6· 6 3 4 4 3 2 1 7 6·
变啊！变啊！变，变，变， 变 成 无 数 的 小 灯 笼，
变啊！变啊！变，变，变， 变 成 无 数 的 小 媒 人，

1· 7 6 7 1 2 3 3 3 | 3 1 7 6 5 6 5 #4 3
照 到 老百姓的 脚跟 前， 好教大家不再 摸黑路。
化 除 各党派的 老成 见， 好教同胞不再 猜 疑。

2 2 2 2 3 3 4 3 | 6 6 6 6 3 5 —
更要堤防汉奸欺 骗， 大 家要相勉励，
敌人阴谋欢喜干离间， 大家都是兄 弟，

6 6 6 6 3 5 — | 1· 2 3 3 —
十字路口莫流 连。 抗 战 到 底，
萁豆不再自相 煎。 团 结 抗 战，

6 3 4 3· 2 1 7 | 6 — — 0 ‖
才 算是 正确路 线。
保 证 中 华万万 年。

儿童节歌（三）

（甲、乙两组唱）

贺绿汀　曲

1=G 4/4

```
6· 6· 3  -  | 3.2 1 7 7 1.7 6· | 7 2 2 1.7 6  - |
```
1.小孩们！　　拿出我们的力　量，纪念　四　四，
3.小孩们！　　拿出我们的力　量，种几颗小黄豆，
5.小孩们！　　拿出我们的力　量，捉几个小汉奸，
7.小孩们！　　拿出我们的力　量，劝几个好壮丁，

```
3 3 0 3 3 0 | 1.7 6 7 1 2 3 | 3.2 1 2 3 - |
```
四四，　四四，　别说我们年纪小，也能做些事。
黄豆，　黄豆，　战士有了黄豆吃，打仗不会瘦。
汉奸，　汉奸，　汉奸肃清了，　快活似神仙。
壮丁，　壮丁，　好男愿当兵，　中国一定行。（接第八段词）

```
1 1 5  -  | 3.2 1 2 2 3 3 | 3 2 2 3 6 5  - |
```
2.小孩们！　　拿出我们的力　量，养几只老母鸡，
4.小孩们！　　拿出我们的力　量，省几个小铜板，
6.小孩们！　　拿出我们的力　量，教几个大文盲，

```
6 6 0 5 5 0 | 3.2 3 4 5  -  | 3.2 3 2 1  - :|
```
养鸡，　养鸡，　生下好鸡蛋，　献给战士吃。
铜板，　铜板，　少吃几块糖，　为了买子弹。
文盲，　文盲，　眼睛打开了，　前途发亮光。

诗的学校

```
{ 1  1  5  -  | 3.2 1 2 2 3 3 | 3.2 3 4 5 6 5 |
  8.小 孩 们!    拿 出 我 们 的 力 量, 化   几 个 小 怨 恨

  1  1  3  -  | 1.7 6 7 7 1 1 | 1.7 1 2 3 4 3 | }
```

```
{ 6 6 0 5 5 0 | 3.2 1 2 3 - | 6 5 3 2 | 1 - - 0 ‖
  怨恨, 怨恨,  斩 草 除 了 根,  巩 固 大 国  本。

  4 4 0 3 3 0 | 1.7 6 7 1 - | 4 3 1 7 | 1 - - 0 ‖ }
```

谷子在仓里叫

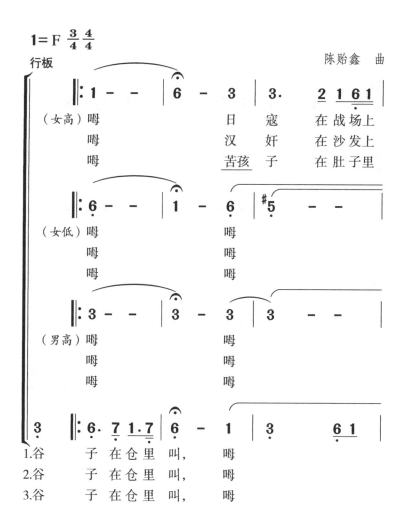

诗的学校

笑　我们要给士兵吃下去，　化为
笑　我们要给老百姓吃下去，　化为
叫　我们要给难童吃下去，　长得

吃下去，
吃下去，
吃下去，

我们要给士兵吃下去，吃下去，化为
我们要给老百姓吃下去，吃下去，化为
我们要给难童吃下去，吃下去，长得

化　为
化　为
长　得

```
5      3·        1    | 4/4  5  -  -  0 6 |
战     斗        的         血,            把
做     工        的         力,            为
又     壮        又         高,           化为

> > >  > >
3 3 1  1 1 6  6 6 1  | 4/4  7  1   1 3 2 1 0 |
战斗的 战斗的 战斗的       血, 血, 战斗的血,
做工的 做工的 做工的       力, 力, 做工的力,
长 得  又 壮  又            高, 高, 又壮又高,

5     5· 6   6 6 3  | 4/4  5   3 5 5  6 5 4 3 0 |
战    斗 的  战斗的       血, 战斗的战斗的血,
做    工 的  做工的       力, 做工的做工的力,
又    壮     又           高, 高, 又壮又高,

1     1·     6·     | 4/4  5·  1 1 1 1 1 1 1 0 |
战    斗     的
做    工     的
又    壮     又
```

诗的学校

f >　　>　　　　　　　　　　　⌒
　1̇　1̇·　　3 6 ｜5 — — 0｜
　国　耻　　来 昭　雪。
　同　胞　　谋 福　利。
　智　慧　　　的　笑。

f >　　>　　　　　>　　⌒　　⌒
　3　2·　　1 1｜2 3231 2·4 3｜
　　　　　　　　　把 国耻来昭　雪。
　　　　　　　　　为 同胞谋福　利。
　　　　　　　　　化为智 慧的笑。

f >　　>　　　　　>　⌒　　⌒
　5　5·　　5 4｜4 3565 7·6 5｜
　国　耻　　来 昭　雪, 把 国耻来昭雪。
　同　胞　　谋 福　利, 为 同胞谋福利。
　智　慧　　　的　笑, 化为智 慧的笑。

f >　　>　　　　　>　　　　⌒
　1　5·　　1 2｜7 1716 5·1 1｜

诗的学校

```
1.2.
2 1 7̣ 3  6 -  | 6 - - 0 :||
老鼠 偷 窃?
奸商 居 奇?

#5. 3 3333 | 3 - - 0 :||
嗨    给老鼠 偷  窃?
嗨    给奸商 居  奇?

3. 2 3333 | 1 - - 0 :||
嗨    给老鼠 偷  窃?
嗨    给奸商 居  奇?

3̣ - 6̣6̣6̣6̣ | 6̣ - - 3 :||
                2.谷
                3.谷
```

```
3.
1̇ 7 6 #5 6 - | 6 - - - ||
误了 年 少?

#5. 3 333 3 | 3⌢ - - - ||
嗨   耽误了 年  少?

3. 2 1 1̇1̇ 1 | 1⌢ - - - ||
嗨   耽 误了 年  少?

3̣ - 6̣6̣6̣6̣ | 6̣⌢ - - - ||
```

荷叶舞歌

1＝A 3/4

育才学校音乐组集体 曲

慢速 *mp*

5 | 3. 2 1 6 | 5 - 0 5 | 5. 3 2 3 | 1 - 0 |
1.天　　上团团月，　　地　上团团　叶。

2/4 1. 6 5 3 | 5 1 5 | 6. 5 6 1 | 3 2 5 |
生就玉精　神，　好像仙姊　妹。

3. 2 1 2 | 5 3 5 | 6. 1 2 3 | 6 5 3 |
看不清是明月美，还是荷叶　美？

f

2. 3 5 6 | 1 - | 6. 5 6 1 | 3 2 3 |
还是荷叶美？　2.活泼小弟弟，

6. 1 6 5 | 2 3 5. | 1. 6 5 3 | 5 1 5 |
美丽小妹　妹，　我和人跳　舞，

6. 5 6 1 | 3 2 5 | 3. 2 1 2 | 5 3 5 |
这是第一　回。　看不清是明月美，

诗的学校

f

6．1 2 3 | 6 5 3 | 2．3 6 7 | 1 — |
还 是 少 年 美？ 还 是 少 年 美？

mf 中速
转 1＝D（前1=后5）

‖: 5．3 3212 | 3 — | 3．5 6561 | 5 — |
3.前 日 清 风 来， 为 莲 花 做 媒。
4.半 天 落 好 雨， 田 里 长 黄 金。

5．3 2 1 | 6561 5 | 1．3 3 2 | 1 — |
我 们 竞 狂 舞， 好 险 蹩 了 腿。
喜 煞 众 姊 妹， 唱 歌 又 弹 琴。

3．2 3 5 | 6 — | 5．3 2 1 | 6561 5 |
刚 相 见， 人 似 清 风，
一 声 声， 化 作 珍 珠，

5．3 2165 | 1 — | 3．2 3 5 | 6 — |
心 儿 清 似 雪。 我 问 你，
滚 向 叶 中 心。 我 问 你，

5．3 2 1 | 6561 5 | 5．3 2165 | 1 — :‖
我 跳 的 舞 何 如 晓 邦 婕？
我 弹 的 琴 何 如 贺 绿 汀？

快速　转1=♭B（前1=后3）

‖: 6/8 3 5̲ 3 4 | 5. 5 0 | 1 7̲ 2̲ 1 | 5. 5 0 |
　　　若 问 我 来 历，　　敦 颐 最 先 言。
　　　若 问 我 前 程，　　义 山 笔 传 神。

6 5̲ 6 1̇ | 2. 2̲ 3̇ | 5 3̲ 2̲ 1 | 5. 5 0 |
但 开 君 子 花，　留 芳 千 万 年。
笑 语 止 凶 暴，　潇 湘 贤 主 人。
甘 心 情 愿 事，　魂 魄 入 污 泥。

3̇ 2̲ 3̇ 3̇ 7 | 1̇ 6̲ 7̲ 5̲ | 7 1̇ 2̇. | 1̇ 2̲̇ 1̇ 3̇ 2̇ |
仍 旧 是 出 身 污 泥，污 泥 不 能 染。仍 旧 是 出 身
同 记 取 留 得 残 荷，可 以 听 雨 声。同 记 取 留 得
待 来 年 翠 盖 复 展，玉 立 报 相 知。待 来 年 翠 盖

3̇ 4̲ 5̇ 3̇ | 2̇ 1̇ 3̇ | 2̇ | 1̇. 1̇. :‖
污　泥，　污 泥 不 能 染。
残　荷，　可 以 听 雨 声。
复　展，　玉 立 报 相 知。

中速　转1=F（前1=后4）

2/4 5̲ 5̲ 6̲ 1̲ 2̲ | 3. 2 | 1 1̲ 2̲ 3. 4̲ | 5 - |
8.凤 凰 引 创 造，　河 山 招 胜 利。

转1=C（前1=后4）

5. 3̲ 5̲ 6̲ | 1̇. 3̲ | 5. 6̲ 3̲ 2̲ | 1 - | 3. 3 |
胜 利 同 回 家，　欢 乐 宁 有 极。(女高独)莫　负

诗的学校

```
3 - | 3. 5 3 2̂ 1̇ | 6 - | 5. 1̇ |
情,      暗 自 东    去,      留

5̇ 2̇ 3̇ | 1̇ - | 5̂ 5 6 1 2 | 3. 2 | 1 1 2 3.4 |
我 独 在 西。9.(合)跳舞 为跳舞,  时代 已 不

5 - | 5.3 5 6 | 1̇. 3 | 5.6 3 2 | 1 - |
许。     一切 为 创 造,    创 造 为 除 苦。

3 6 5 0 | 5.3 5 6 | 1̇ - | 6. 2̇ 1̇ 6 | 5 - |
若同意,  明年 今  夜,    再邀荷叶  舞。

    渐慢            f
3 3 6 | 5 6 1̇ 2̇ | 3̇ - | 5̇. 1̇ 3̇ 2̇ | 1̇ - ‖
若同意, 明年 今 夜,   再邀荷叶 舞。
```

八位好朋友

1=♭E 2/4

中速

陈贻鑫 曲

mf
(5. 6 1 2 | 3 5 5 | 5. 5 6 5 | 5 5 | 1 -)|

mf
5. 6 1 2 | 3 5 5 | 5. 5 6 5 | 3 1 |
我 有八位 好朋友， 肯把万事 指 导

2 - | 1. 2 3 4 | 5 1 7 | 6. 6 5 1 |
我。 你若想问 真姓名， 名字不同

3 2 | 1 - | 3 3 0 | 6 6 0 |
都 姓 何： 何 物？ 何 故？

5 5 0 | 3 3 0 | 4 4 0 | 6 6 1 |
何 人？ 何 如？ 何 时？ 何 地？何

7 - | 6. 6 6 5 3 | 2 #2 | 3 - |
去？ 好像弟弟与 哥 哥。

mf
3. 3 | 3 3 | #4 #5 | 6 - |
还 有一 位 西 洋 派，

诗的学校

```
3. 3 3 3 | 6  #4 | 3 - | 5. 6 1 2 |
```
姓 名 颠 倒 叫 几 何。 若 向 八 贤

```
3 5 5 | 5. 5 6 5 | 5  7 | 1 - ‖
```
常 请 教， 虽 是 笨 人 不 会 错。

★ 感悟分享

陶行知是中国现代儿童文学史上一位具有开创精神的诗人。

与其他诗人的创作相比，陶行知的儿童诗还有一个特点，就是可以"唱"。据统计，陶行知的《农人破产之过程》《镰刀歌》《锄头歌》等 80 多首诗歌，曾先后被赵元任、任光、冼星海、贺绿汀、吕骥、马思聪等著名作曲家谱曲后灌制成唱片。他还为很多学校创作过校歌，如《朝阳歌》《育才学校校歌》《百候中学校歌》《广明小学校歌》等，这些校歌延续了晚清以来"学堂乐歌"的艺术形式，也传递出崭新的启蒙意识和教育思想，洋溢着令人振奋的时代气息。

在国难当头的时代，救亡歌曲风靡全国。陶行知以"时代号手"为己任，创作出《儿童工歌》《工人歌》《慰劳中国战士歌》《民主进行曲》等诗作，被谱曲后在学生、农友、工友中广为传唱。1934 年商务印书馆出版了陶行知作词、赵元任谱曲的《儿童歌曲集》；1949 年三联书店出版了《行知歌曲集》；1983 年人民音乐出版社再版了《行知歌曲集》。收入《陶行知全集》的28首歌曲中,大部分是儿童歌曲。在唱片的流传之外,新安旅行团、孩子剧团以及育才学校的音乐组和实验剧团的宣传和演唱,都使得行知先生的诗歌最终融汇到激荡人心的民族大合唱之中。

时代变换,弦歌不辍。在选编时,我们特意从《行知歌曲集》中选取了这些曾被广为传唱的诗歌,连同曲谱一起编入,以展现陶行知儿童诗所特有的"诗"与"歌"的密切联系。

童话及其他

一只鸽子

好久好久以前,一位公主有一只白的鸽子,如同心肝样的宠爱。她定做了一个金丝笼给它住。每天亲自拿鸡蛋黄喂它吃。公主读书的时候,便把它放在书桌上;出外游览,便把它挂在轿前;晚上睡觉,便把它摆在床头。从早到晚,公主没有一刻不把它放在身边。因为一离开了它,公主便闷闷不乐,好像是失了灵魂似的。只要有一半天没有看见鸽子,公主便坐不定,走不稳,吃不饱,睡不安。公主是多么的爱它哟!

但是公主只是单方面的爱,她只是害单思病。这鸽子对于公主,却没有丝毫的留恋。它身在宫中,心在林里。在它看来,金丝笼远不如几条枯枝架成的鸟窠。鸡蛋黄的滋味,也比不上小虫。所以它是苦闷极了。它觉得它是一个奴隶,公主不是它的恩人,乃是剥夺它的自由的仇敌。公主越爱它,越引起它的厌恶。它要自杀而找不着刀儿。

注:本篇原载1931年4月1日《儿童生活》第1期,署名时雨,后收入《创作故事丛书》(上海儿童书局出版),改题为《白鸽》。

它发起狂来，便把头儿向笼边金丝直冲，连头上的羽毛都冲坏了许多。它是一天比一天的消瘦下去。

公主不知道它的心思，看它头上脱了几根毛，便摸摸它，安慰安慰它。它是瘦了，公主比它还瘦。因为公主看见它瘦了下去，连觉也不能睡了，一心一意要想法子使它肥起来。可是想它肥起来，倒把自己急瘦了。

后来，公主出嫁了，嫁给一位外国的太子。她便把她的亲爱的鸽子带去。晚上睡觉的时候，她必定是把鸽子放在床头紧靠着她的脸睡。于是鸽子笼倒把太子的脸隔开了。头几晚，太子要想体贴公主，一句话也没有说。一天晚上，太子实在忍不住了，便说："亲爱的，鸽子放在中间，很不便当，把它放在脚头去好吗？"公主翻脸说："我爱它甚于爱你，你若是觉得不便，可以睡到脚头去。"太子气极了，等到公主睡熟，偷着起来，轻轻的将金丝笼拿到天井里去，开了锁把鸽儿放了。

公主醒了，知道太子放了鸽子，几乎发狂，便拼命跑出去找她的鸽子，谁也阻不住。她跑得比汽车还快，谁也赶不上。她见着树上有鸟巢，无论几多高，都是要亲自攀上去找她的失掉的白鸽子。她跑了许多路，一路跑，一路自言自语地说："我的鸽子，我的白鸽子，我的亲爱的白鸽子！"她看见一棵十几丈高的松树上有个鸟窠，便攀上去找，差不多攀到窠边，失脚一跤跌下，一面跌，一面还说着："我的鸽子呀！"她跌死没有？我们往下看吧！

那只鸽子自从脱离了金丝笼，便拼命的向林中飞去。它快乐极了。它说："我今天才觉得我是一只真的鸟咧！"天才亮，它看见一条粉红色的东西在地上蜿蜒而走，便一嘴啄去吞下："好一顿早饭，几年没有吃到这样的鲜味了。"它一吃完这条虫，便拍起翅膀飞去。因为它已经下了决心，要飞到林里去吃午饭。那里是它的家乡。它要到那里找它的妈妈，寻它的姊妹，访它的朋友，去过那自由自在的生活。它再飞了一截路，听见下面来了一个声音：

"这只鸽儿长得好看！"

鸽儿听人称赞它，未免有点动心，还是向前飞去。那人见它飞得很快，便唱起鸽儿歌来：

好鸽呀好鸽！

穿得一身雪白，

在鸟儿当中，

要算它顶顶出色。

鸽儿听见，心中已有三分留恋，飞得慢一点，那人又唱道：

好鸽呀好鸽！

穿得一身雪白。

自古会送信，

比绿衣信差负责。

鸽儿听见，心中已有五分留恋，飞得更慢一点，那人又唱道：

好鸽呀好鸽！

穿得一身雪白。

前面去不得，

留心十字路有贼。

鸽儿听见，心中已有七分留恋，飞得不大起劲，但它一心归林，意志坚决，岂愿中途停止，仍旧向前飞去，那人又唱道：

好鸽呀好鸽！

穿得一身雪白。

稍微歇一刻，

喝杯清水止止渴。

鸽儿嘴里确有点渴，听见这歌，心中已有九分留恋，便向后望了一望，微露舍不得飞去的样儿，那人看见鸽子有意留恋，索性又唱道：

好鸽呀好鸽！

穿得一身雪白。

恕我太简慢，

几条虫儿我请客。

那人一面唱，一面把几条小虫丢在地上，鸽儿听着歌儿，看着虫儿，很想吃一点儿点心再飞。当它正在慢慢的飞着打算吃点心的时候，轰的一声，被那人一枪打了下来。落在谁手里？这鸽子受了一枪，恰恰落在那位从树上跌下来的公主的面前。公主听见有个东西落下,便睁开眼睛,一看,不是别的,乃是她牺牲性命去找的鸽子,她便把它抱在怀里说:"我的亲爱的白鸽子!"那鸽子临死连眼睛也不闭,呆望着那远处的森林。一忽儿,公主与鸽子都断气了。

太子在后面赶到,把公主与鸽子送回宫中,合葬在一个坟墓里。小朋友!这鸽子愿意与公主合葬在一起吗?

诗的学校

百花生日前一夜的梅香

梅香,今年是六岁了,和桃儿同年,比香姑大一岁,比春姊小一岁,如同你们一样的可爱。梅香欢喜花,见花便要摘,也如同你们一样的时常头上戴着一枝花,得意洋洋的走到母亲面前道:"妈妈!我戴的这枝花好看吧!"是的,她觉得自己很好看,戴上一枝花,便觉得格外好看了。因为花儿能增加她的美丽,她便和花儿做朋友,见了好花便摘去戴在头上,显出她是一位格外好看的孩子。

可是花儿摘了下来,要不了一天就枯干了。枯干了怎么样?她就把她丢在地上,等妈妈扫到撮箕里,摔到门外去了。每天总是这样:一朵美丽的花,早上在花园里笑,中午在她头上愁,晚上在撮箕里喘气,明天便是一个花尸僵在门外,连埋葬的人都没有。自从开天辟地以来,葬花的人只有林黛玉一位。林小姐早已死了,还有谁来为花埋葬呢?梅香哪里还记得送葬,新花早已戴上了她的头了。

注:本篇原载 1931 年 5 月 1 日《儿童生活》第 2 期,署名"时雨"。

百花生日要到了。

头一晚,梅香睡在被窝想,明日我要在花园里去摘一枝美丽的花儿戴。一定!一定要摘一枝最好看的!不错,我要早些起来,别给别人摘去才好……梅香迷迷糊糊的说着,觉得身子已经是在花园里了。正在伸手去摘那枝最好看的花的时候,只见那枝花儿忽然变了一个美丽的小姑娘。梅香心里想:这倒奇怪咧,花儿会变小姑娘!

这不算什么,更稀奇的还在后面咧。

梅香回头看看自己,吓了一跳,怎么变成一枝花儿了!她想,花变小姑娘已是奇怪了;我这个小姑娘也变成花儿,岂不是奇上加奇!真是天翻地覆了。

梅香在烦闷的时候,那位花变的小姑娘慢慢地伸出一只玉也似的手来,摸摸梅香所变的花朵。梅香害怕极了,因为她是摘花的老手,知道有些不妙,料想是要把她的头摘去咧。果然不错,小姑娘只摸了一两摸,仔细的看了一下,便把梅香变的那朵花,喀的一下摘了过去。这边,梅香哎哟一声,觉得自己的头早被那位小姑娘割掉了。她以为立刻便要死了。却是不然,头虽割下,依然会想,会说,会哭,会看。不痛不痒的像朵花儿插在小姑娘的头发上。不错,她还会嗅,嗅得这姑娘的头发是洒过花露水的,和她用的花露水差不多的香。

小姑娘戴着梅香变的花,拿了一面镜子,照了一照,说:"这花真不错!百花生日有这枝好看的花戴在头上,总算是有福气了。"

梅香在镜里看着自己的头分明是变了一朵花,虽然插在这位如花美眷的头发上,回想从前做人时,要戴什么花便摘什么花的威风,难免愁闷起来,有时也懊悔当年不该糟踏这么多的好花。她泪如泉涌,不断的从心头滴出,不消几个钟头,便把一副玉貌滴成枯蕊。小姑娘在黄昏时把她从头发上取下。见她枯了,顺手一下便把她摔在垃圾桶里去了。梅香猛听得嘭嗵一声,只见自己的头儿已滚在一堆东西里面,臭得令人呕心。一惊而醒,幸亏是梦,摸摸头儿,仍旧还在头颈上,然而吓得满身冷汗了。

乌鸦歌

南高峰有一只乌鸦,生得一身漆黑,天天飞到西湖上去照照自己的影子,觉得非常好看,便赞美自己说:

头戴乌纱帽,

身穿黑衣裳。

镜里照一照,

好个少年郎。

谁家有小姐?

待我讨来做新娘。

一天,百鸟仙子请乌鸦吃酒,有白鹅、白鸡、白鸭、白鸽做陪客。乌鸦坐首席,白鹅不服,讥笑乌鸦说:

满堂客,个个白,

只有乌鸦身上黑。

白鸡连忙和了一首:

注:本篇原载 1931 年 7 月 1 日《儿童生活》第 3 期,署名梧影。后收入《创作故事丛书》,改题为《乌鸦》,书的封面标明为"寓言儿歌",封二注明:"小学中年级生和高年级生适用的补充读物。"

满堂客，个个白，
身儿黑的心也黑。
白鸭高兴极了，也唱道：
满堂客，个个白，
白是客来黑是贼。
乌鸦气得脸上通红，百鸟仙子怕他们闹起来，便调解说：
不分黑与白，
一家南和北，
除了主人都是客。
乌鸦听了主人说出公平话，也就算了。可是受了这顿骂，心里便有些羡慕"小白脸"而看不起自己的黑羽。看看白鸟中只有鸽子没有骂它，便问鸽子如何可以把黑羽变成白羽。鸽子说：
变颜色，我晓得，
天河里面漂得白。
乌鸦信了鸽子的话，便飞到天河里去洗澡。好容易飞了几年才飞到。它一到，便起早落夜的在天河里洗羽毛，连羽毛都洗脱了许多，还是一身漆黑，一根白毛也没有。天河神来提醒它说：
乌鸦生来黑，
天水洗不白。
乌鸦听了天河神的劝告，便飞回家来，一路埋怨鸽子说：
鸽呀鸽，骗人贼，
脸儿白的心里黑！

唱了末了一句，忽然冲着一位白须老翁。乌鸦向他道歉说不是骂他而是骂白鸽子，便把想变白鸦的事一五一十的告诉了老翁。老翁深表同情说："我帮助你变一变。"说了，便捧着白胡子摇了一摇，刮阵西北风，雪花满天飞来，乌鸦一忽儿就变成白鸦了。老翁警告乌鸦说："路上要留心一位圆脸公子，不可和他闲谈。"

乌鸦谢了老翁，一面飞去，一面唱道：
白头一老翁，
助我显神通。
胡子摇一摇，
刮阵西北风。
乌鸦变白鸦，
飞舞雪花中。
从此白鸟儿，
不敢骂公公。

白鸦飞了一夜，到了早上，在太阳光中，身上放出光芒来，愈觉可爱，得意洋洋的对太阳夸嘴。太阳老是笑眯眯的，一句话也不回答，它气起来就要飞去，回头一看，全身漆黑，又变成一只乌鸦，急得哭倒在地。一面哭，一面骂太阳说：

圆圆脸，忒阴险，
我当你是个好人，
谁知你笑里藏剪。

这时，有人在乌鸦背上拍了两拍。乌鸦抬头一看，不是别人，就是当日请客的百鸟仙子。便从头到尾向他诉苦。百鸟仙子提醒它说：

身上一根毛，
好比那仙草。
生来不变色，
便是无价宝。
莫学黑姑娘，
爱擦雪花膏。
黑白不分匀，
越擦越糟糕。
白的固不坏，
黑的也很好。
你若爱你黑，
自然无烦恼。

乌鸦听了这番高论，心中豁然大悟，向着仙子道谢后，便飞到西湖上去重新把自己看了一看，果然不错。唱着那老调儿飞回家去：

头戴乌纱帽，
身穿黑衣裳。
镜子照一照，
好个少年郎！
谁家有小姐，
待我讨来做新娘。

笼统哥之统一

笼统哥,姓甚名谁没有人知道。大家因为他说话笼统,又因为他年纪大一些,所以称他为笼统哥。他是浑沌国,含混省,糊涂县,囫囵村人氏。

你问他贵庚,他说:"几十岁了。"你问他祖母高寿,他说:"老了。"你问他有几位公郎,他说:"好几个。"你问他一餐吃几碗饭,他说:"不少。"你问他一个月赚几块钱,他说:"不多。"你问他贵国离中国有多少路程,他说:"很近,很近。"你问他贵国离德国有多少路程,他说:"很远,很远。"

有一年,浑沌国的总统闻了笼统哥的大名,便请他出山去办普及教育。这位总统大概是读过《三国演义》,一心想找一位庞统来帮助他。他把笼字认做庞字,于是笼统哥便一步登天,把浑沌国的小学教师都变成了笼统先生,小孩子都变成了小笼统。

你若不相信,请看他们上一课吧!

注:本篇原载 1931 年 11 月 4 日《申报·自由谈》。

诗的学校

小笼统:"老师!日本有多么大?"

笼统先生:"很小!小得很!"

小笼统:"老师!日本有多少人?"

笼统先生:"很多,多得很!"

小笼统:"日本为什么要夺我们的东三省?"

笼统先生:"因为东三省天然物产很富,富得很!怎么老是问我?我得问你们几句。小朋友,中国有多大?"

小笼统:"很大,大得很!"

笼统先生:"对!下课。"

小笼统:"立正!一、二、三。"

浑沌国从此便由笼统哥和他的徒子徒孙包办而统一了。这笼统的统一是枪炮攻不破,和议不须开,自然而然的一致对外——散思(Science)国之文化侵略。

少爷门前

（儿童剧）

登场人物（以出台先后为序）

    少爷——纨绔子弟

    书童

    卖菜女

    拾香烟头的孩子

    小乞丐

    小丫头

    卖报童子

布景 一个富家的大门口

时代 现代的一个早晨约莫十时左右

开幕

少爷 肥肥的小白脸，凶来些，在门口踢小皮球。一个

注：原载 1934 年 3 月 1 日《生活教育》第 1 卷第 2 期。

书童陪他玩着。球不见了。少爷从衣袋里拿出一包香烟,书童马上替他刮火柴。少爷喷出一口烟,说:"去把小皮球找来!"说了,大抽而特抽。

书童　　去找皮球,一会儿回来说:"少爷!找不着!"

少爷　　把香烟拿在左手,右手一举起来,就向书童敲了一个耳光,显出很不高兴的样子说:

"你这个蠢东西!只会吃饭。再去找!"

卖菜女　　头扎布巾,手提菜篮。一面叫一面走来:"卖菜!卖菜!妈妈舍不得吃,叫我拿来卖。菠菜、萝卜、小白菜,三个铜板一斤,便宜卖……啊!李公馆——在这里卖一会儿吧!……"少停又叫:"菠菜、萝卜、小白菜,三个铜板一斤,便宜卖,便宜卖!"

少爷　　怒气冲冲的说:"滚开些,这里不是小菜场!"

卖菜女　　显出乞求的样子说:"可怜哪!小本生意,求您让我在这里卖一会儿吧!"

少爷　　把菜篮踢翻,说:"滚!"菜篮内的青菜、萝卜一个一个的滚出来。

卖菜女　　一面哭,一面把菜呀,萝卜呀,一个一个的拾起来。叹了一口气,走开了。

书童　　很高兴的跑来,说:"皮球找着了。少爷!"

少爷　　把香烟头摔在地上,预备再去踢球。

拾香烟头的孩子　　身穿破烂衣服,背着小篓快步走上来:"走走走!我的名字叫小牛。到处要找香烟头。(地上一望,在少爷面前，拾了一个，拿起来，立刻把香烟头放在鼻子上一嗅，快活的接着唱。）香烟头！香烟头！如果没有你，怎么能糊口？"

少爷　　很小气的，说："混蛋！我的香烟头，你敢拿？滚！"（说时顺手就敲了他一下）。

少爷一面望着拾香烟头的孩子，一面又从衣袋里摸出一个蜜橘来，剥着往嘴里送。拾香烟头的孩子望望少爷，只好把已经拾着的香烟头丢下来，愤愤的走回去。少爷也气哼哼的把橘子皮往地上用力一摔，将要去踢球。

小乞丐　　走过来："老爷！太太！可怜我这苦孩子，快饿坏。……好少爷，好少爷，给我点东西吃吃吧！我饿了一天一夜。"

（看见地上有橘子皮，拾起来就啃。）

少爷　　显出很不耐烦的样子，说："脏东西！滚开！"

小丫头　　很活泼的跑出来："少爷！太太叫你去吃点心呀！快来，快来！"

少爷　　和书童就一起回家去，乞丐跟着去。少爷回头望见乞丐跟他来了，就转身踢他一脚，乞丐倒下。少爷哼了一声进门去了。

小乞丐　　痛极。两手打着肚子："救命啊！"

拾香烟头的孩子　　急上："什么事？什么事？"

小乞丐　　"李公馆的少爷，快把我踢死了！"

拾香烟头的孩子　　"什么？……小畜生这样凶！"

卖菜女　　奔来："什么事？什么事？"

小乞丐　　"李公馆里的小少爷，差不多把我踢死了。"

卖菜女　　抱不平的表情："没良心的小畜生！"

　　　　　正在拾香烟头的孩子给小乞丐揉肚皮，卖菜女将要扶他起来的时候，卖报童子左臂下挟有几十份的报纸，右手拿着一份，一路走着，一路叫着，上场。

卖报童子　"《申报》《新闻报》，刮刮叫。呸！嘴都喊干了，没人要。……"（看见小乞丐在哭。拾香烟头的孩子替他揉肚子。）"这是怎么一回事！……谁打你呀？"

小乞丐　　一面哭一面说："李公馆里的少爷……"

卖菜女　　"那个没良心的顶坏！也把我一篮子的青菜、萝卜，都打翻了，害得我拾了半天！"

拾香烟头的孩子　"那个小畜生也敲了我一下。"

　　　　　大家一面讲一面安慰小乞丐。有的替他揉肚子，有的替他除去身上的泥土……只有卖报童子站在那儿转念头。

卖报童子　"我们这些穷孩子老是被人家欺负，岂有此理。……要想不给人家欺负（右手举起，伸出三个手指高声的说），只有三个法子。"

小乞丐　　"什么法子呢？"（大家都望着卖报童子，显出惊异的样子。）

卖报童子　"第一个法子要做工。靠着自己的劳动换饭吃。从此你要做一个小工人,不要向人家讨饭。"

小乞丐　"好!我跟你去学卖报,好不好?"

卖报童子　和小乞丐拉拉手:"好极了。我一定帮你想法子。"

卖菜女　怀疑:"我和妈妈靠种菜过活,总不能说不是拿自己的血汗去换饭吃吧。怎么也要受人欺负呢?"

卖报童子　"因为还缺少两样呀!一样是求学,一样是团结。"

拾香烟头的孩子　"饭都没得吃,还要进什么学堂去读书,怎么能行呢?"

卖报童子　"怎么不行?……吃饭不忘求学。求学不限定要进学堂,也不限定是读死书。处处是学校,事事是活书,人人是先生。你们每天费个把钟头,我来帮你们的忙,好不好?"

大家　很高兴的:"好,好,好。"(拍手)

卖报童子　继续的说:"做工,求学,还不够;我们还得团结。大家联合起来对付我们的敌人。谁欺负我们当中一个,就是欺负我们全体。那么就要用全体的力量和他奋斗。比方再要有人踢翻他的菜篮,我们大家都要拿起我们的拳头去解决他。"

少爷　拿着球,书童跟他一道从左边上来,少爷说:"哗啦哗啦的在这里干什么?讨厌!走!"

大家　一齐向前:"不走!"

少爷　　大声:"滚!"

大家　　又向前一步:"你滚!"

少爷　　拿起拳头想打……

大家　　拿起右拳,一齐作将要猛攻势,眼睛瞪着少爷,渐渐地逼近他。少爷有点怕了,面孔有点发白,身体手脚吓得发抖。在他转身想要逃走的时候,闭幕。

★ 感悟分享

明快晓畅、易诵易唱，是"行知体"儿童诗的独特风格。

对韵律的渴望是人类的天性，儿童对具有鲜明的韵律感有着更多的敏感和偏好，因为押韵和节奏很容易通过听觉的愉悦引起儿童情感的亲近。陶行知的儿童诗不仅灵活采用逐句押韵、隔句押韵、交叉押韵或换韵等形式，而且善于利用词语、短句、句式的排比、反复以及诗行、诗节的对称，形成鲜明的韵律感和音乐性。如《小孩不小歌》中的"小孩""人小""心小"的三个"小"字，形成绕口令般的俏皮感，这样的"浅语"之作都是为了适应儿童的接受能力和审美趣味，让儿童易诵易唱。陶行知还自觉从民间歌谣中汲取营养，如《风雨中开学》一诗就是仿北方民谣而写成的，其自由活泼的诗体中闪耀着来自民间的清新刚健、质朴自然的美学光彩。

在众多现代名家的儿童诗歌中，陶行知的《乌鸦歌》是独树一帜的。这是他应《儿童生活》之邀创作的一首诗体童话，后收入上海儿童书局出版的"创作故事丛书"，书的封面表明为"寓言儿歌"。在这个作品中，陶行知发挥想象，生动讲述了一个乌鸦由黑变白，又由白变黑的故事：白鹅、白鸡、白鸭都对浑身漆黑的乌鸦发出种种讥笑，由此乌鸦变得自我怀疑起来，但作者借白鸟仙子之口有力地反驳了它们："白的固不坏，黑的也很好"，"生来不变色，便是无价宝"。全诗将形象的描写、理性的思辨、幽默的气息巧妙融合，趣味盎然，巧妙地启发儿童去思考如何保持自己独立人格的问题，让小读者在会心一笑中领悟到要自尊自爱。

编后记

陶行知先生是伟大的人民教育家、杰出的民主战士和优秀的大众诗人,他崇高的教育理想、爱满天下的教育情怀和博大精深的教育思想,为广大民众所敬仰。但这仅是陶行知伟大人生最耀眼的一个侧面,陶行知研究专家、学者周洪宇先生认为:"陶行知是中国近现代历史上集教育、思想、政治和文学四大家于一身的综合型文化巨人,是享誉全球的世界级教育大师。"对这样一位充满时代精神的"大先生",我们应不断发掘他被"教育家"身份所遮蔽的诸方面成绩,而他对中国现代儿童文学的贡献尤其值得浓墨重彩地书写和研究。

陶行知关心儿童、热爱儿童、尊重儿童,通过文学创作来倡导"发现儿童"与"解放儿童",是陶行知丰富多彩的教育实践的一个重要组成部分。1980年代,李楚材先生辑选《陶行知和儿童文学》一书,全面呈现了陶行知为中国现代儿童文学发生、发展所作的重大贡献。随后,金燕玉、徐宗元、陈模等学者也都为确立陶行知的"儿童文学作家"身份作出努力。但遗憾的是,陶行知儿童文学创作的全貌逐渐湮没在历史的尘烟和繁多的出版之中。因此，我们再次选编出版本书，尝试在前人基础上对陶行知儿童文学创作进行一次聚焦和梳理，感悟他"为儿童而写"的大爱和赤诚到发烫的心，彰显其儿童文学作品超越时空的生命活力及宝贵价值，并从"儿童文学与教育"这一视角拓宽中国现代儿童文学的历史记忆。

陶行知的儿童文学创作繁多，在其光辉的一生中，他广泛探索和尝试儿童诗、童话、儿童戏剧和儿童科学文艺等文体创作，并留下很多写给孩子们的书信，为儿童提供了有益的精神食粮和心灵引导。鉴于篇幅所限，本书侧重选编陶行知的儿童诗歌创作，其他整理另行择机出版。陶行知先生自英文翻译的21首诗歌和汉译英的40首诗歌中也有少量儿童诗，但因并非创作，故未收录。本书将原作的个别用字和排版改同为当前出版标准，特此说明。

衷心感谢为本书选编和出版提供真诚帮助的各位师友！感谢南京晓庄学院文学院、科研处及其分管校领导的热情鼓励和大力支持！我们的共同心愿是：借由这一读本，表达今日晓庄人对行知先生绵延不尽的热爱与敬仰。

"捧着一颗心来，不带半根草去。"先生之风，山高水长；行知精神，世代永存！

编　者

2022.10.18